LA PREUVE
PAR LE MIEL

SALWA AL NEIMI

LA PREUVE PAR LE MIEL

Traduit de l'arabe
par Oscar Heliani
et revu par l'auteur

ROBERT LAFFONT

Le papier de cet ouvrage est composé de fibres naturelles, renouvelables, recyclables et fabriquées à partir de bois provenant de forêts plantées et cultivées durablement pour la fabrication du papier.

ISBN : 978-2-266-19118-0

Le visage désiré n'est ni un souvenir ni un rêve.
Il les rassemble et les dépasse.
Le visage désiré prolonge sans fin l'instant du désir.

Ounsi El Haje

Mon corps, souviens-toi, non seulement combien tu fus aimé,
Non seulement des lits où tu t'es étendu,
Mais souviens-toi, aussi, de ces désirs
Qui, dans certains regards, si ostensiblement brillaient
Pour toi, et tremblaient dans les voix –
Et qu'un obstacle fortuit à jamais empêcha de s'accomplir.
À présent que tout cela gît dans le passé,
Il semble presque que tu te sois livré
Aussi à ces désirs – souviens-toi comme ils brillaient
Dans les regards qui te fixaient ; comme ils tremblaient
Dans le timbre des voix – souviens-t'en, mon corps.

Cavafy

Tu iras vers elle, tête et pieds nus.

Salim Rizkallah

Demain, après-demain, ou après des années, seront écrits
Les vers vigoureux dont ceci fut l'origine.

Cavafy[1]

1. Les deux traductions de Cavafy sont de Georges Papoutsakis (*Poèmes*, Les Belles Lettres, 1958).

Porte I

Des maris de plaisir
et des livres érotiques

Certains invoquent les esprits. Moi, j'invoque les corps. Je ne connais pas mon âme ni celle des autres, mais je connais mon corps et je connais leurs corps.

Et je m'en satisfais.

Je les invoque et je me revois, avec eux ; des passants dans un corps de passage. Ils n'étaient rien d'autre, les règles du jeu étaient posées. Des hommes objets ? Pourquoi pas.

Des amants ? Un grand mot. Je ne l'emploierai jamais, même seule. Le Penseur l'a prononcé, une fois. J'en ai été choquée. Un amant ? Je n'ai pas d'amants. Il faut inventer un autre mot. Je ne me suis pas fatiguée à chercher. Un jour, alors que je lui parlais d'une amie qui l'avait croisé dans une fête, le Penseur m'a demandé en toute simplicité : Sait-elle que je suis l'amant de son amie ? Son histoire était mon secret, et la question ne m'a pas froissée. Mais le mot, si : amant.

Le Penseur est-il mon amant ? Je n'y ai jamais pensé. Puis-je être la maîtresse d'un homme dont je ne veux qu'une chose : qu'il me prenne dans ses bras en secret ? Puis-je être la maîtresse d'un homme dont je ne veux que ces heures volées ?

Je ne suis pas allée plus loin dans mes pensées, car le Penseur m'a dit comme à son habitude : J'ai une idée. Il s'est approché du lit, je me suis allongée sur le ventre, le dos arqué, appuyée sur les avant-bras. Il est derrière moi mais je ne le vois pas. Ses mains m'effleurent, des épaules aux cuisses pour finir sur mes fesses. Il m'attire à lui, et je vais à sa rencontre pour le sentir davantage en moi. J'enfouis mon visage dans l'oreiller pour y étouffer les gémissements de plaisir qui accompagnent mouvements et murmures. Je savais que *plus le coït est obscène, meilleur il est.* Pourtant, je tentais de contenir mon râle.

Il m'attire encore vers lui. J'aime cette position plus que tout. Lui aussi.

Dans cette position, nos points de vue se croisent selon des angles différents. L'important reste le point de rencontre.

J'étouffe mes cris, j'oublie mon amie, je dissous l'exégèse et la théorie dans la fusion expérimentale des corps.

Des amants ? Le Penseur avait sans doute ses raisons d'employer le mot. Moi, je ne le peux, car je viens d'une autre planète. La planète du langage féminin, que je dois inventer. J'ai l'habitude de recourir aux dictionnaires, mais ils ne me donnent pas toujours satisfaction. Leur langage et leurs concepts me gênent. Le sens du mot « amant » est trop large pour s'appliquer aux hommes que j'ai côtoyés.

Même au Penseur ?

Des amants ?

Au commencement, il y a la rencontre. Une lueur dans un regard, et la réponse est là, je la sens en moi. Un sentiment sans appel. Dès le premier instant. Avant même que le prétendant ne présente les lettres de créance de sa convoitise. L'essentiel est mon propre désir. Mon désir si rare.

« Oui. » « Non. » La réponse fuse en un seul regard. La décision se manifeste, elle a balayé toutes les règles. Je n'écoute que ma propre voix. La voix de mon désir. Mon désir si rare.

Ma morale est sans rapport avec les valeurs du monde qui m'entoure. Des valeurs que j'ai reniées depuis longtemps. La morale qui est mienne guide mes actes et m'en donne la mesure. Selon les principes que je me suis donnés. L'effet de mes actes sur ma vie, cela seul m'intéresse : mon visage après l'amour, l'éclat de mes yeux, mon corps recomposé, les mots qui brûlent dans ma poitrine et les histoires qu'ils construisent.

Orendum est, ut sit mens sana in corpore sano. Il faut prier pour obtenir un esprit sain dans un corps sain. ... La santé par le sexe : je l'ai su avant même de lire dans les livres érotiques arabes qui me sont chers l'écho de mes pensées.

Le Voyageur a dit : Tu n'as connu aucun homme autre que ton mari.

Il a dit : Tu te refuses à l'homme qui te désire. Tes principes te font craindre la société et le jugement de l'homme.

Il a dit : Ce sont les restes de ta vieille éducation, tu es paralysée, bridée, enchaînée, tu conçois ton « oui » comme une résignation.

Il a dit : Tu redoutes que ton éclat ne soit terni dans les yeux de l'homme dont tu acceptes les avances.

Il a dit : Tu n'as pas confiance en ton corps. Tu n'oses pas le mettre à nu devant un homme.

Il a dit : Tu refuses de suivre ton amie, qui dit oui à tous les hommes, et tu la juges facile.

J'ai dit : Peut-être, consciente d'être si loin de ces pensées.

J'ai dit : Peut-être. Pour ne pas avouer : si je me refuse à toi, cela ne signifie pas que je me refuse à tous les hommes.

J'ai dit : Peut-être ; et ainsi je lui fais croire que j'accepte ses conclusions. Ce jeu-là me confirme le succès d'un autre jeu, que je joue en société.

Que je rejette un homme signifie-t-il que je les rejette tous ? Que je dise « non » au désir d'un homme signifie-t-il que je dis « non » à tous les hommes ? Interprétation de mâle dominant, commode pour tous, pour moi la première.

Je disais : Peut-être, car je ne voulais pas me dévoiler. Qu'aurais-je pu leur dire ? Que je n'ai d'autre inspiration que ma volonté ? Ni leurs principes, ni leurs valeurs, ni leur morale ? Ni la société, ni la religion, ni les traditions ? Ni la crainte des médisants, ni la peur du châtiment, ni les flammes de l'enfer.

J'ai l'esprit polygame, je le sais, comme presque toutes les femmes. Ils nous ont appris le contraire, mais je sais que je le suis par nature. Polygame n'est pas le mot approprié. Il conviendrait d'oser dire polymâles.

Il y a quelques années, j'ai entendu Alberto Moravia parler de la multiplicité naturelle de la femme. J'ai reçu sa parole comme une révélation. Moravia traduisait en mots ce que je sentais et que je vivais. Plus tard, j'ai lu le même mot sous la plume d'un philosophe français contemporain, qui théorise le plaisir et applique la multiplicité à nous tous, hommes ou femmes. De bonheur, j'ai lu et relu son livre, même si cela m'était inutile : les preuves étaient en moi.

Ai-je entendu les propos de Moravia avant ou après le Penseur ? Je ne sais plus. Ai-je lu le philosophe français avant ou après le Penseur ? Je ne sais plus.

Je me rappelle l'avoir rencontré, le Penseur, alors que j'étais plongée dans la lecture des classiques de la littérature érotique. Je m'amusais à projeter nos rendez-vous sur les textes anciens, je lui en faisais lecture, je les détaillais. Il n'en connaissait qu'un : *Le Livre de Volupté : pour que le vieillard recouvre sa jeunesse*.

Je l'avais lu en cachette, au début de l'adolescence. Une élève du collège me l'avait prêté. Elle était beaucoup plus âgée que nous. Elle se mettait du rouge à lèvres et se maquillait les yeux. Des histoires mystérieuses couraient sur elle, que nous apprenions par bribes, nous qui étions plus jeunes : sur les coups dont son corps portait la trace, sur ses parents qui voulaient la marier de force, sur elle qui répétait qu'elle se vengerait, qu'elle traînerait sa famille dans la boue, et sur les garçons qui l'attendaient à la sortie de l'école sans aucune gêne.

Je ne me rappelle plus quand j'ai vu le livre entre ses mains, ni comment elle me l'a prêté, et m'a fait jurer de ne le montrer à personne. Mais je me souviens du premier choc, et de ma peur d'être surprise. Personne ne contrôlait mes lectures, et pourtant je sentais que je commettais un acte que je devais taire aux autres. Ma rapidité à le lire était le reflet de mes craintes. Je me souviens de mon désir de découverte, de ma peur du territoire qui se dévoilait à moi. Mes yeux restaient rivés sur les pages tandis que mon cœur battait plus vite. J'ai dissimulé le livre parmi mes livres d'école et l'ai rendu à sa propriétaire dès le lendemain. Elle m'a jeté un regard curieux. Sans prononcer un mot, j'ai posé l'ouvrage entre ses mains et je n'ai rien laissé paraître. Déçue par mon silence, elle s'est empressée de l'enfouir dans son sac, en me tournant le dos.

J'étais jeune, certes, mais j'avais depuis longtemps posé les fondations de mes mondes secrets. J'ai acquis tôt le don de me dédoubler. J'en usais comme rempart de ma liberté pour affronter l'hypocrisie du monde.

Quelques années plus tard, mes aventures m'ont permis d'éprouver les propos de mes auteurs arabes. J'ai reconnu *les bienfaits de l'acte sexuel* pour le corps, l'esprit et l'âme : *l'acte apaise la colère et contribue à rendre l'âme joyeuse chez ceux qui ont le tempérament chaud. Il guérit la malvoyance, les vertiges, les maux de tête et les douleurs des extrémités, qui rendent le cœur aveugle et ferment les portes de l'esprit.* Je connais également le danger de ne pas le pratiquer. Mohammed Ibn Zakarya a dit : *Celui qui s'abstient trop longtemps de l'acte sexuel ressent une lassitude de tous les membres, son sang circule mal et sa mémoire s'affaiblit. J'en ai vu qui ont abandonné le coït pour vivre dans la chasteté : leur corps s'est ainsi refroidi, leurs gestes sont devenus malaisés, ils furent sans raison submergés de chagrin et atteints de mélan-*

colie. On leur a connu un manque de désir et des problèmes de digestion.

Maladies du corps et de l'esprit. La folie, le chagrin et la mélancolie, tout à la fois, pour avoir refusé l'acte sexuel ? Que Dieu nous en préserve !

Ibn el-Azrak a dit : *Tout désir que l'homme s'accorde lui durcit le cœur, sauf l'acte sexuel.* Je tiens à garder le cœur tendre.

Quand nous parlions de sexe, la théorie était mon masque. Je citais les livres ou l'expérience des autres. Ma vie restait bien cachée dans une lampe, que je frottais une fois seule, pour en faire sortir le génie de ma mémoire.

Le Penseur est arrivé. Je lui ai dit oui.

Au début, je n'ai pas avoué ma soif de connaissance. Ces livres restaient mon secret, que je ne partageais pas. Le Penseur est arrivé, j'ai dit : Oui. Le Penseur est arrivé, et j'ai ouvert la porte. Au creux de nos lits, je lui ai parlé de mes lectures clandestines. Les deux secrets se sont mélangés, et les cours d'eau se sont rejoints pour n'en faire qu'un.

À l'époque, je me contentais de savourer ces livres. Je les relisais avec lui. Je m'efforçais de retenir le nom de chaque position pour les lui décrire. Ces drôles de noms composaient un code que nous employions avec une feinte innocence. Nous ne manquions pas d'en agrémenter nos propos en présence d'autrui, nous ingéniant à les glisser dans la conversation. *Le nœud coulant, le phénix dans la joie, le soufflet du forgeron, le cheval renversé...* Comment placer de tels mots dans la conversation ? L'ignorance des auditeurs faisait le bonheur de notre jeu ; nous en jouissions sans vergogne.

Personne ne pouvait s'attarder sur nos propos à moins d'être expert en manuels érotiques, à mon image. Or cette expertise est rare, même dans les cercles érudits. J'en ai eu si souvent la preuve, pour mon amusement renouvelé.

Grâce au Penseur, j'ai compris la valeur de mes livres secrets. J'allais de Tifachi à Ali Ibn Nasr, de al-Samawal Ibn Yahya à Nasir al-Din al-Toussi, Mohammed al-Nafzaoui, Ahmad Ibn Suleiman, Ali al-Katibi al-qazwini, al-Suyuti et al-Tijani comme d'un ami à l'autre. Je les lisais, les relisais, je dégustais leurs écrits et calquais ma vie sur leurs mots. Je les goûtais comme une langue perdue et retrouvée que je n'osais dévoiler qu'au Penseur.

Pourquoi cette rencontre entre le Penseur et mes livres cachés ?

Avec lui, je me suis éveillée, et mon éveil répondait à mes lectures. Mes gestes ont donné vie aux mots qui commandaient mes gestes, et l'échange crépitait d'étincelles. Je jouais à vivre avec lui un passage ou l'autre. Je les résumais pour lui, et il s'exclamait : Il s'agit là d'un trésor que peu de gens connaissent. Il faut le révéler pour que d'autres en tirent profit !

Le Penseur était mon secret dont les livres étaient une part.

La liberté des Anciens me narguait, avec ces cortèges de mots que je n'ose prononcer ni même écrire. Un langage excitant. Je ne pouvais en lire la moindre ligne sans mouiller. Une langue étrangère n'aurait pu me faire cet effet. Selon moi, l'arabe est la langue du sexe. Aucune langue ne peut le remplacer à l'heure de la fièvre, même auprès des hommes qui ne le parlent pas, et sans traduction !

Les mots interdits rappelaient un passé de frustration, et la résistance qui l'accompagnait. L'étonnant est que je n'employais pas ces termes, même en pensée. Des mots faits pour être lus. Pas écrits ni prononcés. Aujourd'hui encore, il m'est difficile d'appliquer à mon histoire un de ces mots si crus. Je les évite. Je peux les citer avec l'innocence d'un enfant, mais jamais pour évoquer mes rencontres. Mon histoire est une autre histoire.

Les œuvres érotiques arabes sont une part de mon univers. De mon imaginaire. De ma vie sexuelle. Avant le Penseur, avec lui, après lui. Dans ce tissu d'expériences croisées, il est impossible de défaire le moindre fil. L'enchevêtrement est organique. Oui, organique. Quel autre mot employer ?

Au commencement, je ne voulais pas que ce tissu soit défait. Je ne voulais pas lever le voile. Je n'ai même jamais osé en parler.

Le scandale est-il de commettre un acte ou d'en parler ? J'étais surprise de ma question et je me disais : Mes maîtres anciens étaient au-dessus de cela. Ai-je dit scandale ? Quel scandale ? Être une femme compromet-il mes lectures secrètes ?

En faire un secret procédait de mon éducation châtrée. Pourquoi pourrais-je me vanter de lire la littérature pornographique d'Extrême-Orient et d'Occident et devrais-je taire ma lecture de Tifachi ? Pourquoi devrais-je crier haut et fort ma passion pour Georges Bataille, Henry Miller, le marquis de Sade, Casanova et le *Kāma Sūtra* et passer sous silence Suyuti et

Nafzawi ? Enfin… ce temps est révolu. Mes lectures clandestines sont devenues à la mode. Aujourd'hui, tout le monde en parle, à commencer par moi. Mon secret a éclaté au grand jour.

Il a éclaté au grand jour. Comme le clin d'œil dragueur du vendeur de thym : il n'a rien de mystérieux.

Avec les années, ma crispation s'est atténuée et celle des autres aussi. Les plaisanteries, les sourires et les commentaires sont venus doucement. Mes goûts littéraires ont commencé à se montrer, surtout après l'époque du Penseur. Mes lectures alimentent les conversations, à la bibliothèque. Certains de mes collègues les considèrent comme un jeu, d'autres comme une déviance. D'autres encore imaginent des histoires. Ils les multiplient, les échangent à mots couverts.

Mes habitudes secrètes ont éclaté au grand jour. Plus besoin de me cacher ni de cacher les titres. Chaque nouveau livre érotique me procure une joie que je clame haut et fort. Certains collègues se font même une joie de me faire découvrir un ouvrage. Avec le temps, les œuvres érotiques sont devenues une fantaisie anodine. Un collègue collectionne les livres de cuisine, cette autre les cartes anciennes. Des loisirs respectables.

Très tôt, j'ai su quel chemin serait le mien, à quel jeu je jouerais. Ce jeu m'amuse, il compose une part de ma vie secrète. Personne ne peut se dire le censeur de mes nuits, personne ne peut se dire l'organisateur de mes libertés. Ma vie est mienne, et mes secrets aussi.

Très tôt j'ai su quel chemin serait le mien, et mon jeu était si simple. Je ne cache pas mes idées, surtout celles qui choquent. Je ne tais que mes actes. Parler n'est-il pas déjà dangereux, en des lieux où règnent dissimulation et soumission.

Lors d'un déjeuner, devant mes collègues, hommes et femmes, j'ai déclaré ceci : la monogamie est contre nature, la fidélité un leurre, le désir ne s'épanouit que dans la liberté… Ils m'ont regardée avec méfiance, puis ils se sont interrogés et se sont disputés et je me suis tue. Mon jeu est de lancer des mots et d'observer leur effet.

Je me suis entraînée à cacher aux amants l'amour de l'époux, je l'ai appris de Marguerite Duras. Cacher à l'époux l'amour des amants, je l'ai appris de toutes les femmes.

J'ai appris à être la seule gardienne de mes nuits. Mon secret ne peut être dévoilé, puisque je ne le partage pas. On dit : Tout secret partagé par plus de deux personnes n'en est plus un. Non. Tout secret partagé n'en est pas un.

Le cauchemar de mes nuits n'avait qu'une histoire : un cadavre est caché et la meurtrière, c'est moi. J'ai enfoui le cadavre, et je vis dans la hantise de sa découverte. Mes ruses pour empêcher qu'on le trouve sont innombrables mais elles sont vaines. Le cauchemar est dans les instants qui précèdent la mise au jour de mon crime, du cadavre de mes secrets enfouis. Tremblante de peur, j'ouvre les yeux dans le noir. Le cadavre est dans le placard, dit le proverbe. Tout était clair, inutile de faire interpréter mes rêves.

Je perds la mémoire à ma guise. Un artifice utile pour vivre en société. J'efface les souvenirs ou je les garde comme je veux. Je m'y suis exercée durant de longues années, et désormais l'oubli me vient sans réfléchir.

Je suis mon seul modèle. Nul besoin de guide ni sur la terre ni au ciel. Nul besoin d'une fatwa pour me donner aux hommes qui me chantent. Il y a l'histoire du Rapide, celle qu'il aimait tant nous raconter. Il était une fois une journaliste, comme lui. Au cours d'un voyage, elle vint frapper à la porte de sa chambre d'hôtel au milieu de la nuit. Elle voulait le convaincre d'être l'un des deux témoins d'un mariage urgent. En effet, l'Africain qui lui plaisait, et à qui elle plaisait, refusait de lui faire l'amour en état de péché ; il lui fallait deux témoins à son mariage d'une nuit. Le Rapide a raconté l'histoire à la terre entière. Et la terre entière se la répétait ; s'amusait et se moquait. Je me rappelle l'avoir racontée au Penseur, et nous avons joué à chercher, dans notre entourage, qui pourrait être notre témoin.

On appelle cela un mariage de plaisir. Un tel mariage est permis aux chiites, et seulement aux chiites. Puis-je considérer chaque homme que j'ai connu comme un mari de plaisir ?

Mariage de plaisir. La contradiction est flagrante entre les deux mots. Le premier ferme l'esprit et l'horizon, alors que le second les ouvre.

Le bon côté du mariage de plaisir est qu'il ne dure que le temps du plaisir. L'autre bon côté du mariage de plaisir est que le plaisir est en ce cas légal, licite, *halal*. Sans l'éternité, le mariage s'allège… n'est-ce pas ?

Le mariage de plaisir est réservé aux chiites. Cela m'est égal. Je ne connais rien du confessionnalisme ni des divisions religieuses. De toute manière, mes hommes ne sont pas des maris de plaisir, puisque je ne suis pas tenue par ces dispositions : *Le mariage à durée déterminée tout comme l'indéterminé requiert un contrat reprenant le consentement oral, celui des cœurs n'étant pas suffisant. Ainsi, le contrat d'un mariage de plaisir est un contrat légal recevable aux yeux de la loi si les clauses sont satisfaites. On raconte qu'Abban Ibn Taghleb aurait dit à Abi Abdallah : Comment peut-on conclure un contrat avec une femme seul à seule ? Il aurait répondu : « Dis-lui : Je t'épouse pour le plaisir selon le livre de Dieu et la tradition du Prophète, sans aucun héritage, pour un nombre de jours donné. Si elle répond : Oui, c'est qu'elle y consent. C'est ta femme et tu as le privilège d'être avec elle. »*

Je ne sais pas où l'Africain a lu la clause des deux témoins. Je n'en trouve aucune trace dans les livres de jurisprudence musulmane. En réalité, je ne me sens pas concernée. Dans mes rituels secrets, je me contente du désir. De tout ce que j'ai lu, étudié, appris, et de tout ce que l'on m'a enseigné, il ne reste que le mot désir, et le plaisir de l'assouvir.

Porte II

Du Penseur et de mon histoire

Le Penseur est une histoire à lui seul.

Je partage ma vie en deux époques : av. P. et apr. P. Avant le Penseur et après le Penseur.

J'arrivais chez lui mouillée. Je pensais à lui et, déjà, j'étais prête à l'amour.

Le Penseur me répétait : Tu es toujours excitée. Je ne t'ai jamais vue que prête à l'amour. Je souriais, sans juger utile de lui répondre qu'il était cause de mon état. Je fondais sur lui, et son opinion se confirmait.

Un soir, dans le métro. Assise, l'esprit ailleurs, je savourais les souvenirs de notre rendez-vous. Un regard a attiré mon attention. Un homme était assis en face de moi, qui me dévisageait, et son expression me disait qu'il lisait dans mes pensées. Il était comme plongé dans la contemplation d'un film classé X. Je me suis rappelé cet autre jour dans un café. Je m'efforçais de contenir mon désir pour lui, et le Penseur a dit : *Avant toi, je n'avais jamais connu de femme dont on pouvait lire sur le visage son érection.*

J'arrivais chez lui mouillée. Il glissait son doigt entre mes cuisses pour y cueillir « le miel », comme il l'appelait. Il le goûtait, puis m'embrassait en fouaillant au plus profond de ma bouche. Je lui disais : Il est clair que tu appliques les commandements du Prophète et que tu suis son exemple : *Aucun de vous ne doit prendre sa femme comme le font les animaux. Que des messagers s'interposent entre vous : le baiser et la parole*. Et Aïcha, l'épouse favorite du Prophète, a dit : *Lorsque le messager de Dieu embrassait l'une d'entre nous, il lui suçait la langue*.

Comment pourrais-je renier cet héritage ? Comment ne pas le rappeler au Penseur ? Inutile, en fait, de lui rappeler son héritage. En ce domaine, il était un musulman d'excellence. Moi aussi.

Je passais le voir le matin, avant de partir travailler. Je montais les marches en courant. À peine avais-je sonné qu'il ouvrait vite la porte, comme s'il m'attendait, à moitié endormi. Je me mettais nue et me glissais dans le lit. Je l'enlaçais et commençais à le humer. Il écartait la couverture et ses mains me caressaient. Lentement. Il goûtait mon miel avec gravité et bonheur. Je parcourais de mes lèvres tous les lieux de son corps. Mes yeux s'ouvraient, mon corps aussi. Nous trouvions notre rythme : entre moi qui étais impatiente et lui qui savourait le plaisir. Le temps passe sans nous séparer. Sans nous arrêter. Sous lui, sur lui, sur le côté, sur le ventre, à genoux. Entre chaque position, il répétait : J'ai une idée. Il n'était jamais à court d'idées. Et moi, j'aime la philosophie, le monde des idées. Je l'ai appelé : le Penseur.

Le Penseur est une histoire à lui seul. Je divise ma vie en deux parties : av. P. et apr. P. Avant le Penseur et après le Penseur. Avant lui, j'étais en préhistoire.

Non que je fusse vierge de corps ou d'esprit. Ni l'un ni l'autre. Je n'étais pas comme Ève. *Ève demande à Adam, après la première fois : Qu'est-ce donc ? Il lui répond : On appelle ça baiser. Elle dit : Baise-moi souvent, c'est si bon.*

Cependant, malgré mes lectures et mes expériences, je connaissais le plaisir de manière à peine consciente. Comme une image floue. Le Penseur est arrivé, et les contours sont apparus. Les lignes et les couleurs se sont précisées, la lumière s'est organisée. Je ne jouais plus mon rôle, j'étais moi-même.

Av. P., était-ce la préhistoire ?

Je rencontrais des hommes, qui me plaisaient et à qui je plaisais. Je savais ce que je voulais d'eux, et je ne voulais pas savoir ce qu'ils voulaient de moi. Des pages entières remplies de mots qui s'écrivent les uns sur les autres, qui s'enchevêtrent sans s'effacer. Je ne voyais plus devant moi qu'un griffonnage dont personne ne pouvait déchiffrer les symboles, pas même moi. Des pages écrites en langage codé. Le Penseur a éclairci le message et donné un sens aux signes. Il n'a pas balayé le passé. Il m'a donné la clé pour comprendre et lire le palimpseste de ma vie.

Apr. P., ce fut l'ère de la renaissance sexuelle. Ma renaissance. Tout ce que j'ai vécu avec d'autres hommes était teinté de mon histoire avec lui.

Ce n'était pas une histoire de satiété.

Avant lui, j'étais satisfaite, comblée, rassasiée, et cela se voyait. Le Voyageur l'avait vu. À mon amie qui se plaignait qu'une lesbienne l'avait courtisée, j'avais répondu :

— Moi, je n'ai jamais été courtisée par une femme.

Le Voyageur est intervenu :

— Tu as sur toi l'odeur du mâle, comment serais-tu courtisée par une femme ?

Le Penseur avait compris. Il me disait : Autrefois, tu te contentais de fast-food, avec moi tu connaîtras une autre nourriture. Avait-il raison ?

Peut-être.

Il disait : Il existe deux sortes de femmes : la femme laitue et la femme braise. Qui suis-je ? demandais-je avec malice. Il ne répondait pas. Il préférait m'attirer à lui. Je me serrais contre son torse tandis qu'il embrassait mes yeux, mes lèvres, et je goûtais sa salive. Il me caressait le ventre, j'écartais les cuisses. Il me pénétrait profondément pour se consumer avec moi. J'aurais aimé savoir : Et les hommes ? Combien de sortes en existe-t-il ? Mon plaisir me faisait oublier les questions.

Au premier instant, nous avons trouvé notre cadence. Nous n'avons connu ni tâtonnement ni hésitation. Il en a été surpris, il l'a dit. Moi, je ne m'accordais pas le temps de la parole. Je le gardais pour la jouissance. Je me taisais. Je l'enlace, j'enfouis mon visage sous son aisselle pour sentir son odeur m'emplir la poitrine.

Des bienfaits du coït, on compte en premier le désir, en deuxième le plaisir et en troisième la guérison.

Derrière la porte fermée, son au revoir me retenait, nous ne parvenions pas à nous quitter. Il m'embrassait et m'embrassait encore. Je ne pouvais m'en séparer. Je me mets à genoux devant lui. Je me baisse. Je frotte mon visage contre son entrejambe. Je veux qu'il m'emplisse la bouche. Mon empressement m'étouffe. Il se répand et j'avale jusqu'à la dernière goutte. Puis je relève les yeux pour voir son visage crispé de plaisir. Sa tête est renversée, ses mains restent posées sur mes cheveux. Alors seulement, je peux retourner dans le monde, illuminée par une saveur *d'un blanc épais, doux, au parfum capiteux de camphre*. Comme dans les livres.

Il dit : Tu es belle. Après chaque longue séparation, comme s'il éprouvait un choc il dit : Tu embellis. Le veuvage te va bien. Je ne pense pas être veuve en son absence, ni en sa présence. Je souris et je pense à la réplique de Garance dans *Les Enfants du paradis* : *Je ne suis pas belle, je suis vivante, c'est tout*. Je me tais mais il comprend mon sourire silencieux.

Il enserre mon poignet de ses deux doigts et dit : Voilà ce qui me revient lorsque je pense à toi. Ouverte et fermée. C'est rare. À mesure qu'il parle, ses doigts se resserrent davantage. Avec lui, les découvertes n'en finissent pas. Tout est nouveau pour moi. Il appelle ça casse-noisette. Je vais en chercher la définition dans le dictionnaire érotique.

Longtemps après qu'il s'est retiré, mon corps palpite comme s'il était encore en moi. J'attends avec impatience les instants où je pourrai m'éloigner des autres pour fermer les yeux et me sentir à nouveau pleine de lui. Je ne le lui dis pas.

Lui me disait : Tu ne parles pas beaucoup. Je me contentais de sourire. Je parlais en silence. J'ai pris l'habitude de me parler en silence. Même en sa présence ?

Il ferme les yeux et laisse monter les images. Il dit : J'entrevois le sillon qui creuse ton dos et s'achève sur deux fossettes. Deux courbes au-dessus de la taille et puis les fesses. Sous la coupole, la route de la soie.

Connais-tu cela ? demande-t-il. Je réponds : Je ne peux pas voir ce que tu vois. Il dit, comme s'il était sûr de m'étonner : La prochaine fois, je prendrai un appareil photo, et tu pourras voir ce que je vois.

Le Penseur me demande, au retour d'une absence : Tu penses à moi ? J'ai répondu : Oui. Il me dit : Alors c'est de l'amour. Je n'ai pas répondu.

Le Penseur ne pouvait marcher à mon côté sans poser la main sur mes fesses. Il caressait l'étoffe et parfois la peau, sous les vêtements. Je m'écartais alors et je criais : Tu es fou. Nous sommes dans la rue. Les gens nous voient. J'étais timorée. Ma liberté ne s'exprimait qu'à l'abri des regards. Il me répondait : En t'écartant de moi, tu les attires. En réalité, ils ne voient rien. Ils ne poseront pas les yeux sur toi si tu marches sans te soucier d'eux. Et sa main revenait sur moi. Je regimbais puis je me serrais contre lui. Et j'oubliais le regard des autres.

Il cherchait alors un porche d'immeuble pour m'y attirer. Il embrassait mes lèvres, suçait ma langue et caressait mes seins. Son audace m'affolait, mais j'étais prise au jeu. Je marchais à ses côtés, et mes yeux guettaient le porche où je pourrais embrasser ses lèvres, sucer sa langue et caresser son corps.

Le Penseur m'a écrit une lettre. Une lettre d'amour. Je me suis dit : Comment peut-il employer le mot amour ? Je l'évite autant que je peux. Avec lui comme avec les autres. Je ne connais pas l'amour, je connais le désir. L'amour appartient à un au-delà qui me dépasse, et je me refuse à lui courir après. Le désir, le mien ou celui de l'autre, je le connais, je le touche, je le vois, je le sens, je vis ses effets et ses métamorphoses. Lui seul me prend par la main pour me conduire vers mes espaces inexplorés.

L'amour est pour l'âme, le désir est pour le corps. Je n'ai pas d'âme. Cette idée me hantait avant même d'apprendre qu'il fut un temps où les femmes étaient privées d'âmes.

Enfant, je n'ai pas trouvé mon âme. Plus tard, je ne me suis pas fatiguée à la chercher. Je n'ai pas d'âme : cette phrase est gravée dans mon esprit et façonne toute ma vie. Je ne suis qu'un corps, je le sais. Je ne possède rien d'autre. Mon corps est mon intelligence, mon éveil et ma connaissance. Qui désire mon corps m'aime. Qui aime mon corps me désire. C'est le seul amour que je connaisse ; le reste est littérature.

Le Penseur m'a demandé : Seul le sexe nous réunit ? Je n'ai pas répondu. Je ne lui ai pas dit : Je n'aime que par mon corps. Je ne possède aucun autre moyen d'exprimer l'amour.

Av. P., ma vie déclarée et ma vie secrète étaient parallèles. Enfant, à l'école, j'ai appris que deux droites parallèles ne se rencontrent jamais. En Arabie Saoudite, le postulat est ainsi complété : sauf par la volonté de Dieu. L'histoire est différente.

Les deux lignes parallèles de ma vie ne se croisaient jamais, comme dans les livres d'architecture. Le Penseur a changé l'histoire, comme dans les écoles saoudiennes.

En fait, le changement a commencé en moi. J'ai sorti le Penseur de ma vie secrète ; je l'ai emmené dans ma vie déclarée. Je pensais à lui. Je le cherchais. Je brûlais de le revoir. J'ai pris peur. Il bousculait mes habitudes. L'équilibre est ma ligne de vie et le rompre signifiait : tout se transforme. Je ne voulais pas de cela. Je voulais être le metteur en scène de ma vie. Or je m'écartais du scénario, l'œuvre m'échappait, les pages s'envolaient l'une après l'autre mais j'étais incapable de les rattraper.

Je vois mon reflet dans le miroir, et je me souviens. Il disait : Après l'amour, tes yeux s'assombrissent, ta peau s'éclaire comme si une lumière jaillissait de tes pores. Je lui répondais : Toutes les femmes sont ainsi après l'amour. Il approchait son visage de mes seins et venait s'y lover. Je le serrais dans mes bras, je l'enserrais dans mes seins pour mieux le sentir.

Je contemple mon corps et je me souviens. La première fois qu'il m'a pénétrée, il louait la gloire de Dieu. J'ai souri. Il m'a serrée nue et chaude contre lui. Il m'a embrassée, et j'ai oublié de rire.

Dans mon rêve, le Penseur m'attendait et je brûlais de le rejoindre, mais les gens autour de moi m'en empêchaient. Je lui ai raconté mon rêve. Il ne s'est pas amusé. Dans la vie, comme dans le rêve, tu es incapable de rien faire pour moi. Il l'a dit avec solennité, son regard au fond du mien. J'ai détourné les yeux et j'ai feint d'observer les passants, pour tenter d'oublier mon sang qui bout, mon cœur qui bat.

Ai-je commencé à prendre peur ?

La nuit où le Penseur s'est introduit dans mes rêves, j'ai su que l'histoire m'échappait. Le précipice s'ouvrait devant moi. Je le voyais s'élargir jour après jour.

Le Penseur m'a écrit une lettre d'amour ; mon cœur était aveugle, et j'ai pris peur.

Avant le Penseur, les hommes entraient dans mes rêves longtemps après être sortis de mes nuits. Aucun d'eux, jamais, n'avait glissé hors de mon lit pour s'installer dans mon sommeil. Ils devaient fermenter dans mes caves secrètes avant de venir animer mes songes. Il me fallait un temps complice pour les réinventer en histoires qui ravivaient mon imagination, en mots qui nourrissaient mon équilibre. Le Penseur est entré dans mes rêves alors qu'il partageait mes nuits. Du creux du lit à mes rêves. Il a brûlé les étapes. Il est venu à moi. Je me suis réveillée.

J'ai pris peur.

Porte III

Sex and the (Arabic) City

Après le choc de la découverte, j'ai continué de lire les œuvres érotiques arabes, au gré du hasard et de ma curiosité. Il a fallu des années avant que la fantaisie devienne un projet méthodique. La décision remonte à l'époque où j'ai commencé à travailler à la bibliothèque de l'université. Ce jour-là est apparue sous mes yeux une longue liste de titres d'ouvrages érotiques en arabe. Je les ai lus, un à un, avec grand intérêt. Connaître le contenu des livres de la bibliothèque n'était-il pas dans mes attributions ?

Ma conscience professionnelle fut sans faille.

Dans mon bureau ou dans la salle de lecture, mes découvertes ne cessaient pas. Le livre restait invisible, sous une couverture de papier ou glissé dans un autre livre, et, de loin, j'offrais le spectacle d'une personne fort sérieuse et fort studieuse abîmée dans ses recherches. Lorsqu'un étudiant approchait, le livre secret disparaissait. Je m'occupais de lui et je reprenais ma lecture. Aussitôt qu'un nouvel ouvrage de mon domaine choisi venait enrichir le fonds de la bibliothèque, l'appétit de découverte me conduisait à lui. Au fil des ans et de mes lectures, je suis devenue experte en livres érotiques. Experte clandestine, bien entendu.

Un jour, la clandestine est sortie de l'ombre. Le directeur de la bibliothèque est venu à mon bureau. Il a dit :

— La B. N. prépare une exposition intitulée « L'Enfer des livres ». Vous savez, ces livres rangés dans une section particulière, sur des étagères à l'abri des regards. L'exposition est accompagnée d'un colloque sur la littérature érotique dans le monde. Qu'en dites-vous ? Les organisateurs cherchent un spécialiste pour écrire un essai sur les livres érotiques arabes anciens. Qu'en dites-vous ? Je leur ai suggéré votre nom. Qu'en dites-vous ? Ils attendent votre confirmation pour régler les détails. Qu'en dites-vous ?

Ce que j'en ai dit ?

Je l'ai remercié de sa confiance, non sans appréhension. Les lectures étaient un jeu secret, du moins discret, et voilà que le jeu devenait discipline universitaire. Je me suis alors imaginée lisant à haute voix, devant un groupe de chercheurs, un de mes passages préférés. Serais-je devenue docteur ès érotismes ? Pornologue ? Et si j'éclatais de rire ? Est-ce comique à ce point ?

— Le colloque aura lieu aux États-Unis. Qu'en dites-vous ? Je n'ai pas mentionné qu'il était organisé en collaboration avec l'université de New York, qui accueille l'exposition après Paris ? Saviez-vous que, depuis le 11-Septembre, les Américains s'intéressent à tout ce qui est arabe et musulman ? Qu'en dites-vous ?

Ce que j'en ai dit… De ce nouveau centre d'intérêt ou du 11-Septembre ? Je n'ai rien dit.

Je pourrais me rapprocher des Américains, s'ils s'approchent des sciences érotiques arabes.

Timide, le directeur de la bibliothèque pense peut-être se rapprocher de moi, loin de la bibliothèque. D'une manière qu'il n'osait préciser. Le directeur n'a rien de léger. Pourquoi ai-je l'impression qu'il me fait une proposition malhonnête ? Je fais un signe de la tête pour accepter. Comment refuser, alors qu'il s'adresse à moi comme pour solliciter un essai sur les sept récitations du Coran ? De son air grave et vaguement complice, il me donne le nom du responsable.

— Vous le contacterez et vous réglerez avec lui les détails. Qu'en dites-vous ?

La lecture clandestine est devenue science. Vive le progrès, qui lève les interdits sur les actes, les paroles, les lectures, les écrits et les thèmes des colloques.

Mes lectures secrètes me donnent à penser que les Arabes sont le seul peuple au monde pour lequel le sexe est une grâce dont il faut remercier Dieu. Cheikh Sidi Mohammed al-Nafzawi, savant et courageux, paix à son âme, commence ainsi son ouvrage *Le Jardin parfumé* : *Gloire à Dieu qui a fait que le grand plaisir de l'homme se trouve dans le con de la femme et que celui des femmes s'incarne dans le membre de l'homme. Le con ne se calme, ne s'apaise, ne trouve satisfaction qu'après sa visite par le membre masculin. Le membre de l'homme trouve son salut dans le vagin.*

Les écrivains arabes estiment que, parmi les bienfaits du coït, outre la perpétuation de l'espèce, figure un aperçu du paradis. Le coït présage nécessairement des plaisirs dispensés dans l'au-delà, *car faire ainsi miroiter un bonheur en réalité inexistant serait vain.*

Goûtons-nous en ce monde une part de la récompense promise, qui nous sera donnée au paradis ? En économie, on parlerait des moteurs de production. Le sexe est un effluve dont la piste conduit au paradis. *Là où la verge ne se lasse point, là où le con ne se cache point, le désir est sans fin. Il y a, dans le désir du coït, une sorte de sagesse engendrant, à long terme, du plaisir. Par ailleurs, il présage des plaisirs promis au paradis, incitant ainsi à les quérir en vue de les mériter. Observez la grâce du Ciel qui d'un désir, d'un seul, engendre deux vies. L'une visible et l'autre cachée. La vie de l'homme, en perpétuant sa race, et la vie cachée, qui est celle de l'au-delà. Ainsi, le plaisir assouvi attise l'envie d'un plaisir perpétuel.*

Lorsque le corps se révèle incapable d'assouvir ses envies, les Arabes recourent à la ruse pour parvenir à leur plaisir. Par des fortifiants et des stimulants dont la préparation est longue et complexe, mais aussi par des procédés encore plus élaborés. *Le calife al-Mutawakil était très porté sur le sexe. Lorsque sa mobilité s'est trouvée réduite, il a fait remplir un bassin de mercure, sur lequel fut installé son matelas, celui-là même où il forniquait. Le mercure lui permettait de bouger sans avoir à le faire lui-même.*

Si je croisais le Penseur aujourd'hui, je lui dirais ceci : le sexe est une grâce divine et mon essai commencera sur cette idée. Je me fonderai sur elle pour expliquer la littérature érotique arabe.

Pourquoi l'image du Penseur vient-elle soudain se mêler aux textes anciens ?

La décision a éclaté en moi comme une bombe : j'allais enfin accomplir ce que j'avais esquivé pendant de longues années. J'allais dévoiler ce que j'avais gardé secret pendant si longtemps. Dévoiler la vérité enfouie en moi. Ma vie parallèle devait rejoindre ma vie déclarée, je le savais. Qu'explose au grand jour le tas de mes petits secrets. Que se déchire le dernier rideau masquant la scène obscure.

Je devais accomplir ce que j'avais jusque-là repoussé : invoquer le Penseur après une absence. Le mêler à ces auteurs arabes que nous avions aimés ensemble.

Depuis que j'ai entrepris l'écriture de cet essai, la décision a éclaté en moi comme si le Penseur m'avait prise par la main pour me contraindre à faire ce que je n'avais jamais osé faire, à déclarer à voix haute ce que je murmurais en silence. Il m'obligeait à écrire mon histoire secrète avec lui.

Ceux que je croise dans la société de dissimulation me mettent en garde contre le sujet de cet essai. Pourquoi ? Les idées ne sont pas en cause. Il n'est pas interdit de les formuler. Les mots crus, si. Ils sont dangereux, me dit-on. Ils encourent la censure. Il me semble que ceux-là ignorent ce qui se publie de nos jours dans le monde arabe. Ils n'ont pas encore découvert qu'il ne reste, du triangle des interdits, que deux angles : la religion et la politique. Le sexe est passé à travers le tamis de la censure, du moins les trous se sont élargis.

Il y a quelques jours, j'ai rencontré Sahar, universitaire à Paris, qui m'a dit tout de go :

— Est-il vrai que vous travaillez à un livre sur l'amour chez les Arabes ? Il existe beaucoup d'ouvrages sur le sujet. Avez-vous lu André Miquel ? Avez-vous lu quelque chose sur l'amour platonique ? Sur Kaïs et Leïla ? Sur…

Je l'ai interrompue froidement :

— J'écris sur le sexe chez les Arabes.

Elle s'est tue un instant avant de reprendre, hésitante :

— Avez-vous trouvé un éditeur ?

— Je n'en ai pas cherché. Je rédige un essai en vue d'une participation à un colloque sur le sujet.

— Vous avez tort. Vous devriez chercher un éditeur dès maintenant. C'est un sujet qui fait vendre.

— Je n'ai pas choisi le sujet. Il m'a été proposé et j'ai accepté. Une étude universitaire.

— Universitaire ?

— Oui, sur les livres érotiques arabes anciens.

— J'en ai lu quelques-uns traduits en français. Ils sont très bien.

— Je rédige en arabe en me fondant sur les textes originaux.

— En arabe ? Le problème, dans ce cas, est la censure. Utiliser un mot explicite dans une langue étrangère n'est pas un problème. En arabe, c'est différent.

— Les textes existent déjà. Publiés, ils sont vendus en librairie. Je n'invente rien. Je le répète : c'est un essai. Je ne suis pas la première.

— Et si on vous l'interdit ?

J'ai répondu, sarcastique :

— Je serai célèbre.

— Aujourd'hui, les auteurs rêvent qu'on interdise leurs livres pour devenir célèbres.

Pourquoi pas, si la censure en est à ce degré de bêtise ?

Porte IV

De l'eau

Habitée par mon livre et heureuse que le projet en soit désormais officiel, j'en parlais autour de moi sans réticence, avec plaisir et joie. J'ai sollicité un congé, j'ai pris mes livres et j'ai fui Paris – destination Tunis. Je tenais à écrire mes premières pages dans le monde qui est le mien, le monde arabe. J'avais de lui un besoin physique. De la langue, des gens. Des rues, des jardins, des goûts, des odeurs, des lumières et des bruits. Des visages et des corps. Besoin du soleil et de la mer. Besoin du hammam, du souk, de la masseuse et de l'eau brûlante.

Quand je pense au hammam, je pense au sexe. Mon esprit associe l'un à l'autre, irrésistiblement. Pourquoi ? Est-ce la chaleur exhalée par mes pores ? Est-ce le sang qui bat à mes tempes, annonciateur de volupté ? Je quitte la salle baignée de moiteur et je contemple mon corps vêtu d'une lumière rose. J'embellis après le hammam comme après l'amour. Le Penseur me le répétait.

Le soufi al-Jouneïd écrivait : J'ai faim de coït comme j'ai faim de nourriture ; moi, j'ai faim d'eau, de sperme et de mots. Mes trois aliments de vie. Je ne peux exister sans eux. Chacun d'eux participe à l'organisation de mon dérèglement et me conduit le long du jour et de la nuit. Le matin, lorsque j'ouvre les yeux, je suis disloquée comme un pantin, aveugle et sourde. Je tâtonne jusque dans la salle de bains. Debout sous la douche, je laisse mes membres s'emboîter peu à peu. L'eau me rassemble comme un sorcier qui démêlerait mes fils jusqu'à révéler mon être profond. Je retrouve ainsi mes sens et mes capacités. Souple, prête à entrer dans la vie.

Je m'allonge sur le dallage du hammam, les bras en croix. Je devine les corps des femmes à travers le brouillard chaud. Mes yeux sont grands ouverts. J'observe les perles de vapeur accrochées sous la coupole, qui attendent leur tour de tomber. À l'école, on nous a appris que la chute d'une pomme avait révélé à Newton les lois de l'attraction terrestre. Et moi, quelle sera ma découverte ?

L'attraction du Penseur ? Ce n'est pas une découverte. Je l'ai connue, je l'ai vécue.

Après toutes ces heures passées au hammam, je ne peux pas ne pas penser à lui, ne pas penser que je suis prête pour l'amour, prête pour le Penseur. Il me disait : *On se voit demain. Sois prête.* Je lui répondais : *Je suis toujours prête pour toi, tu le sais.*

Je suis la femme la plus propre du monde. Non par amour de la propreté, mais par amour de l'eau. Aussi ne pourrai-je finir mes jours que dans une ville arabe, au bord de la mer. L'eau est le premier élément. Mon élément premier. Avant de l'apprendre dans les livres, je l'ai senti sur ma peau. Avant même de lire ce hadith du Prophète à sa fille Fatima, la veille de son mariage avec Ali Ibn Abi Taleb : *Lave-toi toujours à l'eau ; ainsi, lorsque ton époux te regardera, il sera ravi.* Je me lavais à l'eau ; ainsi, lorsque je me regardais, j'étais ravie.

Il n'est pas si loin, le temps où la mère du jeune homme à marier rencontrait les prétendantes au hammam pour en estimer la valeur. Où voir une femme mieux qu'au hammam ? Le procédé était sans faille. Sans tricherie ni tromperie. La promise est Ève au paradis, sans artifice.

Je suis allongée sur le dos. La masseuse me frotte énergiquement la peau, en silence. Une autre masseuse m'a demandé si je comprenais l'arabe. J'ai donc à ce point l'air d'une étrangère – d'une orientaliste ?

Dans ce hammam traditionnel, il n'y a pas de place pour le folklore. Pas de coussins en velours ni de parfums d'Orient. Il n'y a que les femmes, le carrelage et l'eau. Et cette odeur que je distingue entre mille. Elle me vient de Damas, la ville de mon enfance. Dans ces années-là, j'allais peu au hammam, car ma mère était fort éloignée de ces rituels. Notre jeune voisine m'y emmenait parfois. Je me rappelle la vapeur, les oranges, le pain au thym et à l'huile. Un hammam familial, pour femmes et enfants, comme on en voit dans certains films arabes. Aujourd'hui, les oranges et le thym ont disparu. Seule l'odeur habite encore le lieu. J'aime revenir au passé par le souvenir, mais seulement par le souvenir.

Je suis allongée sur le dos. La masseuse a pris le gant de crin. Avant de venir me chercher dans la salle chaude, elle m'avait donné un récipient d'eau où me tremper les pieds. Je me suis mise sur le ventre. Ma position favorite. Elle gommait avec force et je suivais le mouvement de ses mains sur mon corps. Du bout des pieds, elle remontait peu à peu… À peine le Penseur avait-il effleuré de ses doigts mes fossettes, au creux des reins, qu'une flamme brûlait mon ventre et mes seins. Ce temps est révolu. Elle frotte énergiquement, et je ferme les yeux sur le corps nu des femmes qui évoluent dans la salle tiède. Une mère et ses trois jeunes filles. Une dame et sa mère âgée. L'étrangère aux petits seins, seule, comme moi.

Le hammam évoque le plaisir et le sexe mais la nudité en est moins la cause que ces histoires avec lesquelles j'ai grandi.

Porte V

Des histoires

Des histoires. Encore des histoires. Des histoires de femmes. J'en ai entendu beaucoup, mais j'en ai oublié presque autant. Amoureuses et jalouses. Vêtues, dévêtues. Endormies, éveillées. Divorcées et mariées. Amoureuses et adultères. Un chaos sans nom, un entrelacs de liaisons que seul un médiateur pourrait tirer au clair. Des histoires de femmes qui ne ressemblent qu'à des histoires d'hommes – les unes et les autres m'attirent pareillement. Dans chaque ville arabe les mêmes histoires, insoupçonnables dans ce monde de *taqiyya*, de dissimulation, qui a dû apprendre à vivre la sexualité, entre autres domaines dangereux, dans la duplicité.

Je suis allongée sur le dos, au hammam, dans un quartier populaire d'une ville arabe. Les hommes le fréquentent le matin, les femmes l'après-midi. Hier, au Grand Hôtel, où j'étais avec Rajaa, le hammam était mixte. Dans la salle de repos, la dernière, nous étions seules ; les clients sont peu nombreux à cette période de l'année. Je m'étais assoupie, insouciante et languide. Deux hommes sont entrés, qui se sont allongés sur les coussins de velours, au milieu du décor oriental. Ils fumaient et parlaient d'une voix forte. Réveillée, j'ai lancé un regard à Rajaa, qui savourait son thé, et nous nous sommes comprises. Notre somme interrompu, nous nous sommes échappées vers le sable de la plage, loin du bruit et de la fumée.

Notre voisine, à Damas, m'emmenait avec elle au cinéma. J'étais la solution qu'elle avait trouvée pour que son mari la laisse se déplacer dans une ville où elle ne connaissait personne. Dans la pénombre de la salle, j'entrevoyais les mouvements de sa tête, qui oscillait au rythme des chansons de Farid el-Atrache dont le visage emplissait l'écran, et me surprenait. J'étais trop jeune pour comprendre comment on pouvait être transportée de la sorte.

Lorsque j'ai raconté à Soulayma ces sorties avec notre jeune voisine, elle a conclu, sérieuse :

— Tu servais de couverture à ses rendez-vous amoureux, j'en suis sûre.

— Non, ce n'est pas possible ! m'écriai-je.

Elle a poursuivi :

— Pouvais-tu distinguer dans l'obscurité qui était son autre voisin ?

J'ai répondu, sérieuse à mon tour :

— Tu n'imagines pas Damas, à cette époque. Nous allions à la séance de quinze heures. N'y venaient que des femmes en compagnie de leurs enfants. Ta déduction tombe d'elle-même, comme tu peux le constater.

Elle répond avec un sourire :

— Pourquoi prends-tu sa défense ? J'aimerais le savoir. As-tu pensé au caissier ?

Je ne prenais pas la défense de notre jeune voisine. Vigilante, je voulais protéger les images imprimées dans ma mémoire. Je ne supportais pas qu'on égratigne mes histoires du passé, qu'on change leur sens sans que je l'aie décidé. Je prenais la défense de mon histoire.

À une autre époque de mon enfance, un de nos oncles, couturier pour dames, est venu de loin pour nous confectionner des vêtements, ainsi qu'à nos voisines. « Il n'épargne aucune femme », disait ma sœur. La jeune voisine était de celles que le couturier lutinait à la dérobée. Il déployait le tissu sur elle, et suivait les courbes de sa silhouette d'une main sûre. Elle passait du rose pâle au rose pivoine et par toutes les couleurs, se tortillait avec un sourire gêné, mais sans un mot. Je les observais, impatiente d'essayer à mon tour ma nouvelle robe. Ma sœur adolescente se faisait l'interprète de la jeune voisine, et s'écriait alors : « Arrêtez, ça suffit ! Arrêtez, mon oncle ! » L'oncle poursuivait sa besogne.

J'étais jeune lorsque ce parent couturier est venu nous rendre visite. Les histoires se passaient devant moi, mais je n'y comprenais guère. Finalement, après un entretien avec ma mère derrière la porte de la chambre conjugale, mon père a persuadé ce parent d'écourter son séjour et de retourner dans sa ville lointaine auprès de sa femme et de ses enfants.

Ma sœur adolescente était l'instigatrice de la sentence. Des années plus tard, j'apprendrais qu'elle avait découvert, au-delà des attouchements et des nuances de roses, une histoire de rendez-vous secrets. Une histoire, entre l'excellent couturier et une vieille fille instruite, notre voisine aussi, qui se consacrait à l'éducation de ses neveux, dont la mère était malade. Par crainte du scandale, ma sœur a raconté l'affaire à ma mère qui, effrayée à son tour, a inventé à l'intention de mon père une histoire abrégée, innocente mais convaincante, propre à éloigner cet hôte dangereux. Comme d'habitude, il y a cru.

Quand cette voisine atteignit ses quarante ans, elle fit encore parler d'elle. Elle s'enfuit avec un chauffeur de taxi beaucoup plus jeune qu'elle, qui travaillait entre Damas et Beyrouth. Elle utilisait ses services à l'occasion, pour emmener ses neveux en visite familiale au Liban. Ils se sont aimés et ont désiré se marier. Elle savait que son frère refuserait, qu'il jugerait le projet même comme un crime impardonnable : qui élèverait ces pauvres enfants dont la mère gardait le lit ?

La famille, d'origine campagnarde, traditionnelle et aisée, a étouffé l'affaire. Simplement, elle a effacé l'existence de l'amoureuse en cavale, et jusqu'à son nom. Son histoire se murmurait entre voisins. Chez nous, mon père répétait en hochant la tête : « *Ibtissam*. Qui l'eût cru ? » Ma mère lançait un regard sur nous, les plus jeunes, pour qu'il comprenne et se taise. Il gardait alors ses pensées pour lui, mais ne cessait pas de hocher la tête.

J'étais très jeune, à l'époque, et j'avais oublié cette femme, je l'avoue. Elle m'était sortie de la tête pendant toutes ces années. J'évoque son image : brune, petite, des cheveux soyeux coupés court, des vêtements simples. Hommes et femmes s'accordaient pour dire qu'elle était raisonnable, efficace, intelligente et bonne maîtresse de maison, mais qu'elle n'avait pas eu de chance. Leurs lèvres se fronçaient de pitié en prononçant la dernière phrase. Dans mon souvenir, elle était surtout gentille. Nous l'aimions, nous les plus petits, parce qu'elle nous embrassait et nous donnait quelques pièces chaque fois que nous la croisions.

Comment s'est terminée son histoire ? Je l'ignore. La fuite avec son jeune amant n'est pas la fin. Elle est le début.

Lorsque je reviendrai à Damas, je poserai des questions à ma sœur.

Sur les marches de la maison de Rajaa, devant l'oranger amer et les roses épanouies, nous nous racontons des histoires. Les époques, les lieux et les personnages se mélangent. Son mari est en mission pour une semaine, les deux enfants sont en colonie de vacances, elle a des congés. Elle se consacre à moi.

Son mari était notre camarade, à l'université de Damas. Ils se sont aimés et se sont mariés après avoir obtenu leurs diplômes. Pour Rajaa, tout est simple. Pour moi, il va sans dire, la vie est compliquée. Nous étions différentes, si bien que les autres s'étonnaient de notre amitié, de sa solidité. J'étais l'espiègle, la facétieuse ; elle était la douce, l'obligeante. Elle était en accord avec le monde. J'étais en rébellion. Nous parlions depuis toujours, mais nous n'avions jamais échangé de confidences. Sur notre vie intime, nous nous contentions d'allusions. Le reste, nous le devinions. Elle ne connaissait que ma vie déclarée, j'ignorais tout de sa vie secrète.

Une odeur de jasmin, une légère pénombre ; sur le muret d'en face, le chat noir nous écoute, les yeux posés sur nous.

— Et Mayssaa ? Quelles nouvelles ? demandai-je.

— Je l'ai vue l'été dernier à Damas. Son mari est décédé il y a quelques mois et ses deux enfants font leurs études aux États-Unis. Je pense qu'elle finira par s'installer là-bas.

— Elle vit seule ?

— Sa mère est avec elle.

Sa mère était le drame de Mayssaa, du moins je le pensais. Je me souviens de ses larmes mêlées aux miennes, le jour de son mariage. Nous étions ensemble au lycée. J'ai suivi au jour le jour son histoire d'amour, je l'ai vécue avec elle. Le garçon était un cousin lointain, de Beyrouth. Un étudiant du même âge, modeste – sans le sou, comme disait sa mère. Celle-ci lui réservait un ingénieur de sa famille, de vingt ans son aîné. La mère de Mayssaa était une femme forte, sa fille était faible, hésitante. Elle faisait mine de refuser le mariage à demi-mot le matin et gratifiait le prétendant d'un sourire le soir. Nous revenions du lycée ensemble, chacune cramponnée à son cartable, et elle me confiait ses malheurs. Elle parlait de son fiancé antipathique, qui n'avait même pas essayé de lui caresser la main, et qui était avare. Elle couchait en cachette avec son amoureux, mais, précisait-elle, « elle n'était pas folle », elle pensait au « chemin du retour ». Chaque nouveau récit augmentait ma haine pour sa mère. Quelques semaines après les résultats du baccalauréat, Mayssaa s'est mariée à l'église du quartier. J'étais là. Elle m'a prise dans ses bras pour me faire ses adieux. Nous avons pleuré toutes les deux et nos larmes se sont mêlées. Le sourire de sa mère criait victoire.

Je lui ai rendu visite quelque temps après sa lune de miel. Elle attendait son premier enfant. D'un geste circulaire plein de satisfaction, elle caressait son ventre qui ne s'était pas encore arrondi tout en me parlant de la nouvelle maison, du mobilier luxueux, de la famille de son époux et des cadeaux précieux. Les larmes d'amour s'étaient évaporées et le visage de la mariée rayonnait de bonheur.

Je n'ai rien dit. Je tentais de comprendre comment elle pouvait trahir ses larmes. Je tentais d'apprendre comment ne pas trahir les miennes. Je tentais d'oublier ses anciennes paroles, son bien-aimé et ses rêves, et je prenais l'engagement de ne jamais succomber comme elle.

Le chemin du retour selon Mayssaa. D'autres m'en ont parlé, d'abord à Damas, puis à Paris. Elles pensent toutes au chemin du retour. Je comprenais mal où se situait ce chemin. Plus exactement, je refusais de comprendre.

Une amie de ma sœur, Hyam, pensait au « chemin du retour », elle aussi. Mince, grande, avec de longs cheveux d'un blond naturel et de grands yeux, Hyam avait un amoureux d'au moins dix ans son aîné. Elle disait à sa mère qu'elle étudiait avec ma sœur, chez nous. En réalité, elle ne restait qu'un quart d'heure et sortait rejoindre son ami Mohammed, qui l'emmenait chez lui en voiture. Elle se livrait avec lui à toutes sortes de fantaisies, mais en préservant le chemin du retour. Curieusement, dans le même temps, elle nous disait combien elle était fière des relations de franchise qu'elle et sa mère entretenaient : elle ne lui cachait rien, prétendait-elle. « Rien ? » m'étonnais-je. Et elle bafouillait qu'elle ne cachait rien « sauf Mohammed ». Nous lisions avec elle les lettres qu'il lui adressait, nous les disséquions comme un texte littéraire. Mohammed était fou amoureux d'elle. Des années se sont passées ainsi avant leurs fiançailles officielles et leur mariage. Depuis, je n'ai plus entendu parler d'elle, ma sœur non plus.

À la cité universitaire, ici, à Paris, une voisine de chambre m'a parlé elle aussi du chemin du retour. Libanaise, elle préparait une thèse sur un poète libanais sous la direction d'un orientaliste. Lorsque son amant, artiste égyptien célèbre, venait à Paris, elle partait s'installer avec lui à l'hôtel. Leur histoire n'était un secret pour personne. Malgré tout, elle préservait ce fameux chemin du retour – elle veillait à ne pas salir la réputation de sa famille, de ses deux jeunes frères, surtout.

Elle me mettait en garde : « Personne ne sait ce que l'avenir réserve comme surprises. Tu prends le risque de vivre ouvertement ta liaison, mais que feras-tu si elle ne te conduit pas au mariage ? » Je l'écoutais parler en contemplant le portrait étrange qui trônait dans sa chambre bien rangée, un portrait peint par son amant. L'aurait-il conçu ainsi si elle avait abandonné le chemin du retour ? Je me posais la question en silence, et je pensais connaître la réponse.

J'ai croisé le chemin du retour dans la plupart des histoires. Sentier battu que le chemin de l'aller, mais voie réservée que celui du retour. Les femmes arabes évoquent avec amertume la duplicité des hommes dans les affaires intimes. Les hommes, eux, évoquent avec résignation la schizophrénie des femmes. Est-il possible d'y échapper ? Sommes-nous sous le joug d'une fatalité éternelle ?

J'évitais de revoir Mayssaa, prenant prétexte des études et des examens. Puis je suis partie à l'étranger… De temps à autre, j'ai de ses nouvelles par des amies communes. Elle a eu deux garçons, pas de filles. Une femme heureuse.

— J'ai cru comprendre que sa mère est malade ? demandai-je.

— Très malade. Mayssaa s'en occupe. Je crois qu'elle n'en a plus pour longtemps.

— Elle restera seule ?

Rajaa a haussé les épaules sans dire un mot.

Lorsque je retournerai à Damas, peut-être téléphonerai-je à Mayssaa. Je pourrais même passer la voir. Je pourrais essayer de la comprendre. Ses raisons sont pourtant simples, me répète Rajaa calmement, et elle s'efforce de trouver à Mayssaa des circonstances atténuantes. Je persiste à n'en voir aucune, même après toutes ces années. L'être humain est un animal doué de multiples raisons, je le sais, mais je sais aussi que le temps ne gomme rien. Au contraire, il souligne, il accuse nos traits et nos choix.

Je quête des histoires auprès des amies de Rajaa. Chaque conversation dérive jusqu'où je veux la conduire. Les histoires n'en finissent pas et, tel le feu de l'enfer, je ne suis jamais rassasiée.

Hier, lors d'une promenade au bord de la mer, Hania, enseignante en sciences sociales, nous a parlé des lettres qu'échangeaient ses parents, une correspondance dont elle s'apprêtait à faire un livre. Leur histoire d'amour, racontait-elle, ne s'était achevée qu'avec le décès de sa mère, suivi bientôt de celui de son père. Trente années d'une entente rare. Nous avons parlé d'amour, de mariage, d'enfants, de grossesse, d'infidélité et de divorce. Des confidences habituelles.

Après un silence dépouillé même du bruit de nos pas, la voix de Hania a fait irruption :

— Une fois, alors que l'occasion se présentait pour moi de faire un voyage professionnel, mon mari a refusé que je parte. J'étais en colère. J'ai pensé demander le divorce, malgré nos deux enfants et nos dix ans de vie commune. Je suis allée chez ma tante lui confier mon malheur, et ma résolution. Elle m'a donné ce conseil : Écoute, ma fille, réfléchis et ne réveille pas le Diable. Va dans la salle de bains, fais-toi belle et cours à la rencontre de ton mari, fais-lui l'amour comme si c'était la première fois. Le lendemain, reparle de ce voyage…

Hania s'est tue.

— … et ? ai-je insisté.

— Je suis partie en voyage.

Quelques mots seulement, mais une expression indéchiffrable sur son visage.

Aucune de nous n'a relevé. Quelles histoires similaires étions-nous en train de nous remémorer en silence ? Combien de grandes et de petites décisions avons-nous forgées au creux du lit ? Combien de différends avons-nous résolus de la sorte ?

Notre génération n'a rien inventé. Les ouvrages de mes auteurs le rappellent, ainsi Abou Ali al-Qali, grand encyclopédiste arabe : *Un jour, la discorde a séparé un homme de sa femme. Ils se quittèrent pendant plusieurs jours. Puis il la renversa et la prit. Après qu'il se fut vidé, elle lui dit : Que la honte soit sur toi, chaque fois que nous nous disputons, tu reviens avec un intercesseur auquel je ne peux me refuser.* Dans une autre histoire, une femme s'adresse à son mari, regrettant les jours et surtout les nuits où son membre intercédait : *Hélas, celui qui faisait la paix entre nous n'est plus.*

Rajaa s'est tournée vers moi et a dit :

— Tu veux des histoires d'amour ? Je t'emmène chez Nadia, elle connaît toutes les histoires du pays.

J'ai répondu :

— Je veux des histoires de sexe.

— Nous employons le terme amour, a répondu Rajaa, malicieuse. Il est rare d'utiliser le mot sexe. Y a-t-il une différence ?

Nadia nous attendait chez elle. Rajaa m'avait beaucoup parlé d'elle. Elle nous a ouvert la porte à moitié nue, vêtue d'un court paréo diaphane qui effleurait la naissance des cuisses. Elle n'avait pas honte de son corps. Et n'avait pas de quoi en avoir honte. Elle était belle, avec cette rose rouge glissée dans les cheveux, comme les filles des îles. Elle parlait et bougeait en toute liberté. Et sa liberté la rendait belle.

À peine étions-nous arrivées que la sonnerie du téléphone a retenti ; elle s'est jetée sur le combiné. Son amoureux l'appelait de Paris. Elle nous gratifia d'un clin d'œil avant d'entamer une conversation qui s'annonçait chaude, très chaude.

— Son amoureux est beaucoup plus âgé qu'elle. Il va sur sa fin, murmura Rajaa en riant.

J'ai aimé Nadia. J'ai aimé ses gestes sûrs. Elle nous a lu des passages de son journal dans lesquels elle décrivait leurs rendez-vous torrides. Rajaa me lança un clin d'œil.

— Ne la crois pas, ce ne sont que ses fantasmes. Je l'ai vu. Il est très vieux et il a du mal à se déplacer.

Mais je voulais y croire. Nadia dévoila son âge, ainsi que celui de son amoureux puis elle éclata de rire, elle aussi. Pouvait-elle vivre une histoire d'amour à son âge, après de longues années de veuvage ? Elle s'en fut chercher du thé et des chocolats. Je la regardai, et il me vint à l'esprit que tout homme qui la croiserait ne pourrait s'empêcher de tomber amoureux.

— Tout homme ? Ou tout homme de sa génération ? ajouta Rajaa, ironique.

— Tu connais la dernière ? demande Nadia.

— Attention, l'avertit Rajaa, elle connaît toutes les histoires d'ici et même les rumeurs. Il faut que celle-ci soit de première fraîcheur.

— Je suis sûre que tu l'ignores. Une jeune actrice est partie faire ses études à Paris, où elle a rencontré un producteur français de l'âge de son père. Beaucoup d'argent, beaucoup de pouvoir, marié, avec des enfants plus âgés qu'elle. Il l'a aimée. Brune, douce et brûlante. Il était fou d'amour. Elle l'a rendu fou d'amour. Il lui a promis de produire un grand film dont elle aurait le premier rôle. Il a tenu sa promesse. Tu connais cette génération, toujours pressée. Elle voulait devenir une actrice célèbre, et lui, voulait profiter de sa jeunesse. Chaque fois qu'elle venait voir sa famille à Tunis, il l'accompagnait. La dernière fois, il a eu une crise cardiaque.

— Et alors ? lui dis-je.

Je savais que l'histoire ne pouvait s'achever là.

— Il est mort. Il faisait l'amour avec elle. Il est mort sur elle. Certains se sont demandé s'il était mort avant ou après avoir joui ? Ils n'ont pas eu la réponse.

— Et alors ?

— Alors, alors, que veux-tu de plus ? Un scandale ! Je te dis que tout le pays ne parle que de ça.

Je n'ai pas eu vent du scandale, mais j'ai vu le film. La jeune protégée en était l'héroïne, en effet. Les critiques ont été intarissables sur son talent prometteur et sa présence – elle crevait l'écran, disait-on. Que lui importait ? Le scandale allait fondre comme le gros sel ; le film, lui, resterait, et la gloire dont le chemin s'ouvrait à elle. Une génération pratique pour une époque pratique. Le scandale est un parfum qui aiguise l'imagination, un aimant qui attire les cœurs. J'en sais quelque chose.

« Scandale à grelots », dit-on en Égypte. Les grelots sont accrochés à tes fesses, ils tintent et assourdissent les oreilles. En écoutant Nadia, je me dis que les fesses de l'actrice sont affolantes, et que les grelots qu'elle arbore attirent les regards.

Je pense à cette proclamation définitive : « Pas de sexe en Égypte ! »

« Pas de sexe dans la société islamique ! »

Ces mots sont ceux d'un jeune auteur français, dont le roman a remporté un prix littéraire, il y a deux ans en France. Ils sont prononcés par le narrateur. Celui-ci, venu en Égypte participer au Salon du livre du Caire, est nourri de chimères orientalistes. Il part sur les traces de Flaubert et de ses femmes… et ne trouve pas son bonheur, il va sans dire. Disparues, les filles de Nubie que l'écrivain a connues au XIXe siècle, qui avaient *« des colliers de piastres d'or leur descendant jusque sur les cuisses, et qui portaient sur leur ventre noir des ceintures de perles de couleur ».* Remplacées par des hidjabs. C'est un choc pour le touriste cultivé : l'Orient de Flaubert, l'Orient de 1847 n'est plus. Il ne reste que le 11-Septembre et le jihad. Une seule femme répond aux attentes du héros, une Marocaine opportuniste employée à l'ambassade de France, dont on dit qu'elle est la plus belle femme du Caire. Il rejettera pourtant ses avances par fidélité à sa bien-aimée qui l'attend à Paris. Après ces aventures ratées, de longues conversations avec des francophiles égyptiens et des voyageurs encore plus déçus que lui, à propos des musulmans et des musulmanes, l'évidence s'impose au jeune romancier : sexe et islam ne font pas bon ménage. En quelques jours, le romancier français s'est persuadé d'une vérité éternelle. La Terre est ronde, et il n'y a pas de sexe dans la société islamique. La conclusion en rappelle une autre : Pas de sexe en URSS. La première est énoncée au détour d'un roman sur le ton de la nostalgie par un écrivain de retour de voyage, la seconde fut établie par une personnalité communiste conservatrice lors d'un entretien télévisé. Dans les deux cas, la propagande aveugle a vécu dans l'ignorance, réelle ou feinte.

— Pourquoi Soulayma n'est-elle pas venue avec vous ? demande Nadia.

— Elle a des invités.

Rajaa mentait d'une manière qui ne convainquait personne. Nadia et Soulayma ne s'entendent pas, mais je les aime toutes les deux, et leurs querelles ne me concernent pas.

J'aime Soulayma. Libanaise, elle a épousé un diplomate marocain et vit aujourd'hui avec lui à Tunis. Et ils se sont connus à Paris, bien sûr. De tels couples ont toutes les chances de s'être connus à Paris – Paris, qui a permis au Maghreb et au Machrek de se retrouver.

J'aime Soulayma. J'apprécie sa compagnie et je me plais à écouter ses histoires. Des histoires arabes et françaises sur le premier amant, sur le deuxième, le troisième et… et sur tous ses amants qu'elle n'arrive plus à dénombrer, et dont elle a oublié souvent les prénoms. Des histoires d'avant son mariage – après le mariage ? La page doit rester blanche, à l'exception des gribouillages de l'époux.

— Il est venu me rendre visite à la cité universitaire, raconte Soulayma. Il était libanais, comme moi, grand, beau, clair de peau, avec des cheveux noirs. Un coureur, avec chaque jour une nouvelle femme. Les hommes en étaient jaloux, les femmes en étaient folles. Il préparait une thèse à la Sorbonne, qu'il n'a jamais terminée, d'ailleurs. En fait, il ne faisait rien, si ce n'est se consacrer à ses conquêtes.

« Il résidait comme moi à la cité universitaire. Nous nous sommes croisés une ou deux fois, toujours en groupe. La présence de mon amant palestinien ne l'avait pas empêché de me courtiser ouvertement. Un jour, il est venu me voir dans ma chambre… Cet été-là, à Paris, était torride. À peine assis, il m'a dit : Il fait très chaud, et il a retiré sa chemise. Il a repris un peu plus tard : Il fait très chaud, et il a retiré son pantalon. Il parlait de sa petite amie argentine très jalouse, qui le surveillait et lui gâchait l'existence. Je le relançais et je réagissais à ses histoires, mais en même temps je l'observais à distance et je profitais de son strip-tease.

J'étais curieuse de la suite. Je conversais avec lui comme s'il était en smoking alors qu'il n'avait plus sur lui que son caleçon blanc. Il m'a dit : Il fait très chaud et il a retiré le reste. Il se retrouvait nu comme s'il venait de sortir du ventre de sa mère. À ceci près qu'il n'était plus un petit enfant mais un homme dans toute sa virilité. Imagine.

« Il a pris son membre et m'a dit : Regarde à quel point ma copine est folle. Elle est tellement jalouse qu'elle y met une marque au stylo. À mon retour, elle vérifie si la marque est toujours en place. J'ai manqué lui proposer qu'il remplace le stylo de sa petite amie par un autre à encre indélébile, la prochaine fois, mais je me suis abstenue. Je hochais la tête tout en observant la marque. Je l'observais et je faisais mine d'être surprise, intéressée. Pendant plus de vingt minutes, il s'est baladé ainsi devant moi, nu comme un ver. Il regardait par la fenêtre, il examinait les dessins accrochés sur les murs… et moi je le contemplais avec curiosité sans mettre fin à la conversation. Enfin, il a dit : Je me sens ridicule, et il a remis ses vêtements. J'étais presque d'accord. Il m'a quittée en posant deux baisers sur mes joues, comme un ami. Ç'a été la dernière fois qu'il m'a rendu visite.

— Ensuite ? demandai-je comme à mon habitude.

Je veux toujours que les histoires aient une suite.

— Rien. Nous sommes devenus amis. Il s'est marié. Je me suis mariée. Il a divorcé. J'ai divorcé. Il s'est remarié. Je me suis remariée. Et je suis partie. Parfois, nous nous croisons par hasard, lorsque je suis à Paris. Il connaît mon deuxième mari. Il m'embrasse chaleureusement en me voyant. Des amis, je te dis.

— Impossible ! Des amis ? Après une histoire pareille ?

— Pourquoi pas ?

— Vous avez reparlé de cette histoire ?

— Une fois, il m'a dit : Tu te souviens du jour où je suis venu te voir à la cité universitaire et que tu t'es déshabillée ? Je lui ai répondu : Non, mon cher, je ne me suis pas déshabillée. Toi, tu t'es déshabillé, puis tu t'es rhabillé avant de repartir. Il a répondu : J'ai fait ça, moi ? Quel imbécile j'étais. J'ai répondu : C'est exactement ce que tu as dit, à l'époque.

— Testait-il ta mémoire ou voulait-il réécrire l'histoire à sa façon ? Pense-t-il qu'une telle histoire puisse s'oublier ? Dans ce cas, c'est vraiment un imbécile.

— Mieux : à l'époque, j'ai raconté l'anecdote à un ami commun. Il a ri de tout cœur et m'a avoué : Tu sais, j'étais jaloux de sa beauté, sinon de son esprit. Le voir chaque jour en compagnie d'une nouvelle femme toujours plus belle que la précédente me donnait des complexes. Tu me rassures en le traitant de la sorte. Oui, il existe une femme sur terre qui s'est refusée à lui. Il est comme nous tous.

— Un autre imbécile. Il paraît qu'ils sont nombreux, dans ce domaine.

— Dès qu'il s'agit de femmes, ils perdent leurs moyens.

— Comme nous les perdons, nous, dès qu'il s'agit d'hommes.

Et nos rires se sont mêlés.

Je regarde Soulayma, cette artiste dont les dessins regorgent de sensualité et de couleurs vives. Des femmes nues, rondes, aux seins lourds, aux fesses plus lourdes encore. Des créatures qui débordent de courbes. Je regarde Soulayma parler et je ne vois que sa beauté, son sourire, sa légèreté, et son indifférence à l'image qu'elle donne. Je l'aime peut-être parce que je ne possède pas son courage, moi qui suis fille de la dissimulation. Moi qui ai dessiné et préservé mon image si jalousement. Je n'ai jamais évoqué ma vie secrète et mes histoires cachées, ni en paroles ni par écrit.

Je n'ai jamais osé. Je sais maintenant que cela ne pourra plus durer longtemps. J'esquisse un sourire espiègle, et je poursuis la conversation.

Porte VI

De la masseuse et de son mari adultère

Je n'avais pas remarqué la beauté de ses traits, la première fois.

Je l'ai rencontrée au centre de soins. Le réceptionniste m'avait conduite vers elle, mais, en sa présence, elle gardait les yeux baissés. D'un pas sûr, elle m'a précédée dans la cabine de massage. Elle n'a relevé les yeux qu'après avoir fermé la porte. Alors seulement j'ai pu voir son sourire, et je l'ai entendue m'accueillir : « Vous êtes arabe ? Soyez la bienvenue. Vous venez d'où ? Il est rare que nous ayons des touristes arabes ici. Soyez la bienvenue. »

Très vite, elle en vient à l'essentiel.

— J'ai divorcé lorsqu'il est sorti de prison.

— De prison ?

— Oui. Pour adultère.

— Adultère ?

— Les gendarmes l'ont surpris avec une autre femme.

— Une femme ?

— Je suis allée moi-même au poste demander aux gendarmes de se déplacer.

— Aux gendarmes ?

Je répétais les mots après elle, avec une lenteur mécanique.

— Il me croyait ici, comme tous les jours. Mais le patron m'avait trouvée fatiguée, et m'avait donné congé. Je suis rentrée chez nous à l'improviste et je les ai vus ensemble.

— Vous les avez vus ensemble ?

— Par la fenêtre. Je ne suis pas entrée. Je ne les ai vus que par la fenêtre. Quel choc ! Depuis ce jour, ma voix est enrouée. Comme si on avait essayé de m'égorger et que quelque chose était resté bloqué. Trois ans après, quand j'y pense, j'ai encore l'impression d'étouffer.

— Vous la connaissiez ?

— Non. Non, je ne la connaissais pas. À Dieu ne plaise. Une traînée, une roulure. Comment dites-vous, chez vous ?

J'ai manqué répondre : « Chez nous, on dit pute. » Mais j'ai ravalé le mot, et je me suis contentée de catin. C'est presque la même chose.

Ses doigts se promènent sur mon dos, elle me masse mais je ne la vois pas. J'entends seulement sa voix.

— Il m'a infligé cela après cinq ans de mariage. Nous avions vécu une histoire d'amour très forte. Et à la fin ? Il me trompe, chez moi, dans mon lit. Dieu merci, ici, en Tunisie, ils sont très stricts avec l'adultère. Il a pris neuf mois ferme. Il le mérite.

L'adultère ?

Toute relation entre un homme et une femme non liés par un contrat de mariage, et qui comporte un contact sexuel complet. Le mot « complet » est à lui seul toute une histoire, en sa restriction. Qu'en est-il de l'incomplet ? Incroyable, mais l'imam Khomeyni lui-même considère, dans son livre de *fatwas,* qu'*embrasser, coucher et enlacer, ainsi que d'autres plaisirs n'impliquant pas de contact entre le sexe de l'homme et celui de la femme, ne relèvent pas de l'adultère, et encourent d'autres punitions ; cela reste à l'appréciation de l'homme de loi.*

La voix rauque de la masseuse me laisse imaginer les larmes qui montent à ses yeux maquillés.

Je me rappelle les histoires qu'on racontait sur Monica et le cigare, et cette question posée inlassablement par un animateur de télévision français aux invités de son émission :

— Sucer, c'est tromper ?

Il aurait dû poser cette question cruciale à l'ayatollah Khomeyni lors de son séjour en France. Il aurait pu ainsi trancher une affaire délicate.

Ma mère nous racontait de vieilles histoires, dont celle-ci. Un jour, dans la rue elle avait aperçu de loin mon père marcher à côté d'une femme inconnue. Il ne l'avait pas vue. Il était absorbé par l'autre. Elle avait changé de trottoir pour ne pas les croiser.

Les détails de l'histoire changeaient, mais sa voix restait la même, chargée d'orgueil. J'étais jeune et je l'écoutais, en essayant d'imaginer la scène comme si je la voyais sur un écran. J'imaginais mon père le rire aux lèvres, son bras passé autour de la taille d'une jolie femme coiffée d'un bibi. Elle se penchait sur son épaule avec un sourire charmeur. Salope ? Aux yeux de ma mère, c'en était une, forcément. J'imaginais ma mère, très belle aussi, filant entre les voitures jusqu'au trottoir opposé. Tête baissée, elle cherchait à éviter que mon père ne découvre sa présence.

Une scène de mélodrame à lecture multiple, aurait-on dit.

Avant, je m'efforçais d'en décrypter les diverses significations. Aujourd'hui, je ne veux même plus essayer. Je me contente de repasser les images dans ma tête, encore et encore, comme un cinéphile devant un film culte.

Une simple affaire d'adultère ? Comme si l'adultère était une affaire simple. Comme si on pouvait commettre l'adultère en toute simplicité. Ceux qui parlent ainsi ignorent que l'adultère comporte des règles précises, auxquelles nul ne peut déroger. Même dans l'ancien temps. *La première condition pour l'homme adultère est d'être jeune... de sentir bon... Un parfum excite la femme et provoque chez elle un désir intense... Les vêtements doivent être beaux et propres... Il faut qu'il se lave abondamment et qu'il utilise du henné pour ses cheveux. Un cure-dent et des cosmétiques. Il faut qu'il compte dans son entourage une entremetteuse d'âge mûr pour trouver son bonheur. Il faut qu'il ait le cœur tendre et la larme facile, qu'il soit capable de pleurer à souhait. Dès qu'il peut s'entretenir avec la femme qu'il convoite, il doit lancer sa plainte d'amour. Si toutes ces conditions sont réunies chez l'homme alors qu'il se trouve seul avec elle, elle lui sera favorable et accessible.*

Les conditions ne concernaient que les hommes, comme si l'auteur savait que la femme est toujours prête pour la passion. Si les conditions sont réunies, l'adultère se cueille comme un fruit mûr.

Les conditions ne concernaient que les hommes. Chez la femme, on recherchait les signes extérieurs du désir. *Quand il lui fait la conversation, elle ne le quitte plus des yeux, elle se trouble, elle tient le bout de sa robe ou de son tablier comme pour le retourner, elle gratte la terre avec les doigts, elle touche le sol avec son orteil puis le relève, elle lave son enfant, lui met des habits propres, le coiffe, le pomponne et le lui présente, elle parle de lui souvent à ses amies et ses voisines, elle se lasse et son humeur change sans raison si elle reste sans nouvelles de lui. S'il a une épouse, elle en fera une amie et lui rendra souvent visite. Si elle aperçoit dans sa maison une de ses possessions, elle s'en saisit et l'affectionne. Si elle trouve son lit, elle s'étendra dessus pour s'y amuser.*

Le désir était tout-puissant chez les Arabes. L'univers des amoureux y était assujetti. Le désir n'obéissait qu'à ses propres lois, valables pour l'homme comme pour la femme, qu'aucun mariage ni enfant ne pouvait modifier. Le scénario n'était écrit que pour les deux héros. Tous ceux qui les entouraient, époux, enfants, amis ou voisins, n'étaient que des comparses. Ils ne pouvaient, en aucun cas, entraver le désir ni le freiner mais pouvaient servir d'instrument pour attiser son feu ou simplement l'exprimer. Les rôles-titres revenaient aux amoureux, et ceux qui les entouraient héritaient des seconds rôles.

— Ici, personne ne sait que je suis divorcée. Vous n'ignorez pas comment les hommes considèrent une femme divorcée. Ils la désirent. Ils lui tournent autour et tentent des choses avec elle. Je ne veux pas de problèmes. J'élève ma fille seule. Sans personne à mes côtés. Mon père m'a dit : Tu devrais lui pardonner, il a commis une erreur, il ne recommencera plus. Lui-même m'a suppliée de le laisser revenir à la maison, mais j'ai refusé. À sa sortie de prison, il est venu pleurer et m'implorer.

— Il en a pris pour combien ?

— Neuf mois pour lui, parce qu'il était marié. Trois mois pour elle. C'est la peine habituelle pour l'adultère, dans notre pays. Grâce à Dieu, j'ai ma fille. Elle est toute ma vie. Depuis deux ans, je ne vis que pour elle. Je travaille pour elle. Personne n'est à mes côtés, personne ne m'aide.

Voici un pays civilisé, où les droits de l'homme sont respectés, même en matière d'adultère. Neuf mois pour les coupables mariés, trois mois seulement pour les célibataires.

Un pays vraiment civilisé : de la prison mais point de coups, à l'encontre de la sentence que préconise le Coran : *La femme et l'homme adultères recevront chacun cent coups de fouet.* En commençant par la femme, bien entendu. Un pays vraiment civilisé. Je l'ai échappé belle.

La masseuse passait ses doigts sur la plante de mes pieds, et je n'arrivais pas à me concentrer sur l'addition du nombre d'années que je passerais en prison si j'avais été prise en flagrant délit à chaque rendez-vous. Si l'on m'avait attrapée avec le Penseur à chacun de nos rendez-vous, nous aurions fini notre vie derrière les barreaux. Si l'on m'avait attrapée avec les autres, avant et après lui ? Ma vie, si longue soit-elle, n'y aurait pas suffi. Je devrais encore des années à la justice après ma mort. Je ne serais pas la seule. Ma geôle serait bondée, toutes mes connaissances s'y retrouveraient à mes côtés.

Toutes ? Disons qu'elles me tiendraient compagnie plus ou moins longtemps selon leur habileté à dissimuler le crime. L'innocent serait celui dont le crime n'a pas encore été découvert.

Le flagrant délit est nécessaire, comme le démontre l'histoire du mari de la masseuse, sinon l'affaire devient inextricable. Les accusations et les rumeurs ne suffisent pas. Aïcha, épouse favorite du Prophète, ayant été accusée d'adultère, celui-ci a fixé les conditions à réunir pour établir l'accusation : *Appelez donc quatre témoins de sexe masculin qui ont vu l'acte sexuel dans son intégralité, à savoir l'introduction du membre de l'homme dans le vagin de la femme, tel le seau dans le puits ou le bâtonnet dans la boîte à khôl.* Comment remplir de telles conditions pour constater un acte qui, par essence, est clandestin ?

Deux amants furent un jour surpris dans les toilettes de la bibliothèque. Le directeur déclara son intention dc les licencier, mais un ami syndicaliste ne manqua pas de lui rappeler les conditions fixées par le Prophète en pareil cas. Après avoir examiné les faits, le directeur, convaincu, s'est rétracté.

Mais le mari de la masseuse ne serait pas allé en prison, me suis-je dit, si on lui avait appliqué ces conditions. Certes, son épouse avait vu par la fenêtre deux silhouettes, mais ni seau ni puits, ni bâtonnet ni boîte. Le flagrant délit a-t-il été établi grâce aux gendarmes ? Sans doute. Ils ont des connaissances religieuses, dans ce pays, tout comme cet ami syndicaliste qui, en plein cœur de Paris, a pu convaincre le directeur général de la bibliothèque.

— Il s'est marié ?

— Non. Il vit seul comme un chien. Pardonnez-moi le mot. Personne ne s'occupe de lui, ni ne lui prépare à manger. Il donne ses affaires à nettoyer. Il est comme un chien. Moi, j'ai ma fille, qui vaut la terre entière.

— Il la voit ?

— Oui, il la voit. Devant elle, je ne dis pas de mal de lui. C'est tout de même son père. Je ne veux pas qu'elle le déteste. C'est son père, malgré tout.

Sa voix est plus rauque encore, et ses mains parcourent mes jambes. L'huile de jasmin qu'elle utilise embaume la cabine. Couchée sur le ventre, j'arrive à la sentir malgré mon nez à moitié plaqué sur le drap. Je tourne à peine le visage et j'aperçois son grain de beauté, au bord de son visage arrondi.

Je ferme les yeux et m'abandonne en toute innocence au rythme doux, aux doigts experts, au parfum du jasmin, aux vieilles images qui palpitent sur mon corps nu. Je tente de m'y accrocher avant de m'y abandonner.

Nous marchions côte à côte, Sonia et moi, à Saint-Germain-des-Prés. Elle m'a dit :

— Fathya nous a avoué qu'elle te courtisait sans succès depuis des années, c'est vrai ?

Je n'ai pas répondu, je me suis contentée d'un sourire.

— Pourquoi ? insista-t-elle.

— Pourquoi elle me courtise ?

— Non. Pourquoi tu refuses ?

— Je ne sais pas, lui ai-je répondu en haussant les épaules, sans hâte.

— Elle ne te plaît pas ?

— Peut-être.

— Tu crains de couper le jeûne avec un oignon ? De gâcher ton plaisir ?

Je n'ai pas dit : Fathya n'est pas un oignon, et j'ai gardé un sourire complice tandis qu'elle laissait éclater son rire moqueur.

— Il faut vivre ce genre d'expérience au moins une fois, pour le plaisir de la découverte.

Je me retiens de lui dire que je n'ai pas épuisé le monde des hommes et que je me passe, pour le moment du moins, d'un désordre supplémentaire.

— Tu te comporterais peut-être autrement, avec une autre femme, insista-t-elle, malicieuse.

— Si le miracle se produit, et que j'éprouve du désir pour une femme, je la courtiserai, moi.

— Tu fais monter les enchères, comme à ton habitude. Je ne te crois pas.

— Je n'ai pas besoin que tu me croies.

— Tu ne cesses donc jamais de jouer ?

Elle me lance un regard du coin de l'œil avec une colère feinte.

— Peut-être. Le jour où il n'y aura plus d'hommes sur Terre…

— … Ou si tu échoues sur une île déserte avec Fathya.

— Fathya ou une autre, ai-je complété, ironique.

Et dans la rue, nos rires mêlés se sont élevés.

Les livres érotiques anciens nous ont transmis les *Histoires de Houba de Médine*, dame fameuse qui n'épargnait ni les hommes ni les femmes. On raconte qu'elle avait dit ceci à sa fille : *N'oublie surtout pas de gémir en baisant. Sache qu'un jour, j'ai poussé un tel râle dans le désert que les chameaux du calife Uthman ibn Affan, que Dieu le garde, ont fui en tous sens, et qu'ils ne sont toujours pas rassemblés.* Nos grand-mères étaient plus fortes que nous. Elles conjuguaient les deux gloires.

On dit à un homme : Ta femme aime les femmes. Il répond : Je le lui ai ordonné. Cela est bon pour elle, et purifie l'ouverture de son sexe. Ainsi, lorsqu'un membre s'y introduit, elle sait mieux l'apprécier. Est-ce vrai de nos grands-pères aussi ? Qu'ils reposent en paix.

En manière de comparaison, certaines ont dit : Baiser avec un homme est sain, baiser avec une femme est discret. Tel est le fruit d'une profonde sagesse que je n'ai pas. Si la masseuse était un masseur, j'aurais l'esprit rempli d'images et le corps enfiévré.

Une romancière française a écrit : *J'ai été lesbienne pendant trois mois.* Pourrais-je faire mieux ? J'écrirais : *J'ai été lesbienne trente minutes seulement.* Il paraît que nous ne sommes pas lesbiennes par nature. Ni moi ni la romancière française. *Les médecins font remarquer que ce mal est inné chez les femmes. À moins que l'habitude qu'ont les esclaves de vivre entre elles dans leur jeune âge n'en soit la cause. En grandissant, elles continuent de désirer ce qu'elles ont eu. Il en est de même pour la prostitution. Si ce mal saphique est acquis, il est facile à éliminer. S'il est inné, il est long et difficile à traiter.*

La masseuse est une femme et ses attouchements professionnels ne chatouillent pas mon imagination. Je garde mon sang-froid et mon esprit reste en paix. Mon goût des hommes n'en est pas la seule raison, sans doute. Nombreuses sont celles, avant et après moi, qui ont ce goût et l'autre. Moi, jusqu'à présent je n'ai regardé que les hommes. Point final. Fathya en disant « Je t'aime » fondait de désir, mais sa déclaration ne m'inspirait que le rire. Pourquoi riais-je ? Pour éviter d'être embarrassée ? De peur d'accepter ? Pour me moquer de l'anglais qu'elle utilise dès qu'elle parle de sentiments ? Fine, elle en riait avec moi, comme si elle comprenait qu'ainsi je reportais la réponse.

La masseuse poursuit ses confidences à voix basse comme si elle me révélait les secrets de l'univers :

— Monique, la cliente française qui était là avant vous. Vous l'avez vue en entrant. Je pense qu'elle a des rapports difficiles avec les hommes. Lorsque je lui ai raconté mon histoire, elle a dit : On ne peut pas faire confiance aux hommes. Je ne crois plus aucun homme. Il lui est arrivé quelque chose, j'en suis certaine. Je lui ai posé la question, mais elle s'est contentée de hocher la tête. Il lui est arrivé une histoire, j'en suis sûre. Elle la racontera. Elle finira par la raconter. Il lui reste encore quelques jours à passer ici, elle la racontera. Elle ne veut que moi pour la masser. Elle me réclame par mon prénom. Elle m'a laissé son adresse à Paris et elle a pris la mienne. Elle va sûrement la raconter. Elle m'a dit : Ne faites pas confiance aux hommes. Elle a raison. Bien sûr qu'elle a raison.

Ce n'est pas moi qui lui donnerais pareil avis. Pourquoi les femmes parlent-elles toujours de confiance ?

Hicham, serviteur du Prophète, a dit : Un homme vient trouver le Prophète pour se plaindre : Ma femme ne repousse pas les mains qui la frôlent.

Le Prophète lui dit : Divorce.

Il dit : Je l'aime.

Il lui répondit : Alors prends du plaisir avec elle.

J'ai bien compris cette leçon. Elle est si simple. Je prends du plaisir avec eux et ils en prennent avec moi. Point final ? Je ne leur demande ni amour, ni fidélité, ni loyauté, ni un quelconque engagement de garder l'horizon, les yeux et la braguette fermés.

Lorsque Monique parlera, je serai déjà partie. J'aurai fait mes adieux à cette mer, à ce pays et à cette masseuse. Lorsque Monique parlera, je serai retournée à ma vie. Ai-je seulement besoin de l'écouter ? L'histoire se répète ; je connais les mots par cœur.

Elle dira ceci : elle a découvert qu'il la trompait.

Elle dira ceci : il est venu la trouver en pleurant ; il lui a avoué être amoureux d'une autre femme ; il ne supportait plus l'idée de lui mentir ; il a préféré dire la vérité, quitte à la blesser.

Elle dira ceci : des gens bien intentionnés l'ont avertie ; elle lui a parlé ; il a reconnu son crime, l'a remerciée de l'avoir délivré du poids du mensonge, si lourd à porter.

Elle dira ceci : après toutes ces années de mariage, elle a découvert qu'il préférait les hommes. Qu'il avait un amant. Que tout le monde le savait sauf elle.

Elle dira : il a fait ses valises et quitté la maison.

Elle dira : elle ne supporte pas qu'on trahisse sa confiance.

Elle dira : les hommes ne sont pas dignes de confiance.

Va-t-elle évoquer sa solitude ? Va-t-elle avouer qu'elle cherche un autre homme ? Va-t-elle raconter les soirées entre amies célibataires ? Les agences matrimoniales, les clubs de rencontres et les rendez-vous sur Internet ?

Les hommes ne sont donc pas dignes de confiance ?

En arrivant, j'ai croisé Monique qui sortait de la cabine. Une fausse blonde au sourire figé qui brillait sous l'huile de massage.

— La prochaine fois que Monique viendra de Paris, elle m'apportera une crème pour le visage. Elle m'a dit : Dis-moi ce que tu veux. Elle me l'a fait jurer. Elle m'appellera dès son arrivée. Le premier jour, elle m'a demandé de lui indiquer quelqu'un qui épile au caramel. Connaissez-vous le caramel à épiler ? Vous l'utilisez, chez vous ? Elle veut une épilation intégrale : les jambes, les bras, les aisselles et même le visage. Tout. Je lui ai envoyé une de mes amies dans sa chambre d'hôtel. Elle en a été très satisfaite. Ça lui coûte beaucoup moins cher qu'un institut de beauté. Elle voudrait fréquenter le hammam du centre-ville, et non celui de l'hôtel. Je l'accompagnerai quand je serai en congé. Je n'ai qu'une demi-journée de congé par semaine. Ma fille est chez ma sœur, à la capitale. Elle a insisté pour rester chez elle pendant les vacances scolaires. Elle m'aide. J'aime votre dialecte. C'est très beau. Tous les soirs, je regarde une série de chez vous. Géniale. J'ai oublié le nom. Excusez-moi une minute, je vais remettre de la musique et je reviens.

Une chanson du Golfe que je ne connais pas précède son retour : *Mon Dieu quelle beauté, ton arrivée a ébloui l'assistance, ton apparition nous a illuminés encore plus que la lumière elle-même*. Depuis l'époque du Penseur, je n'écoute plus de chansons arabes. Les chansons du Golfe, c'est tout nouveau pour moi.

Pourquoi penser si fort à lui après toutes ces années ?

Porte VII

Des extases du corps

Je m'ouvrais à lui par les cinq sens. Je le contemplais. Je le humais. Je capturais ses mots. Il parlait, et j'aimais ses paroles qui attisaient mon désir. Il mélangeait les poèmes qu'il récitait et les mots de son propre plaisir, à ses appels. Il modérait la cadence de mes mouvements lorsque j'étais au bord du précipice. C'est de la torture ! m'écriais-je, fâchée. Par la suite, j'ai compris et j'ai appris, à mon tour, à refréner ma quête de l'ultime spasme qui me laisse essoufflée, tachée de miel et de sperme, entourant mon plaisir encore frais comme un cœur entre mes jambes.

La première fois que je l'ai vu. Nous étions au milieu d'un groupe d'amis, hommes et femmes, lors d'un dîner. Mezze, arak libanais, bavardages et discussions politiques, grivoiseries et éclats de rire. Il a fait le tour pour saluer, avant de s'éclipser. Il était encore tôt. Arrivé à moi, il a posé sur ma joue un baiser poli et distant, quand soudain l'odeur de son corps m'est parvenue : l'odeur du désir. Je la respire, et je sais que nous nous reverrons, que cette odeur m'emplira la poitrine et tous les pores.

D'où jaillit l'amour ? demande Ibn Arabi.

J'aime ce qui m'éblouit et accentue l'obscurité au fond de moi, répond René Char.

Entre la question et l'esquisse de réponse, j'avançais vers le Penseur, et je prenais conscience du jeu dangereux qui se précisait entre nous.

Depuis que j'ai connu le Penseur, malgré toutes ces années écoulées, il ne s'est pas passé un seul jour sans que je pense à lui. Je ne peux désirer un homme sans penser à lui. Je ne peux lire un journal sans penser à lui. Chaque jour, quelque chose me fait penser à lui.

Quoi ? Qu'est-ce qui me fait penser à lui ?

Chaque détail de ma vie lui est relié. Avec lui, j'ai appris à nager doucement, à plonger dans mon ressac, vers le fond, calme, certaine qu'il était à côté de moi, et qu'au moment où j'ouvrirais les yeux, je le trouverais là.

Ouvrir les yeux ? Je ne les fermais pas vraiment. Je m'efforçais de rester éveillée, en alerte. Je le vois et je me vois.

La première fois que je l'ai vu. J'étais dans le métro. Je lisais un journal satirique. J'ai levé les yeux et je l'ai vu. Il me fixait. Face à moi, il discutait avec ses amis. J'ai repris ma lecture, mais j'étais distraite. Quelque chose en lui m'appelait. Dans son regard, quelque chose m'appelait. Nos yeux se sont de nouveau croisés. Et ce regard obstiné et curieux était braqué sur moi. Nous sommes descendus à la même station. Chacun est parti de son côté, jetant à l'autre un dernier et si long regard. Mais je n'ai pas eu le temps d'enregistrer ce regard pour y revenir et tenter de le décrypter.

La première fois que je l'ai vu. Il était assis devant moi au cours d'un séminaire politique. Il était au milieu d'un groupe de ma connaissance. Un ami commun nous a présentés et il ne m'a plus quittée. Il restait à mon côté, et j'étais bien. Pendant deux jours, nous ne nous sommes pas quittés. Nous ne nous séparions que le soir, pour retrouver nos vies respectives.

Ça me prend à la gorge, a-t-il dit à la fin du deuxième jour, à l'écart. Avais-je bien entendu ? Lorsqu'il a répété la phrase, j'ai compris que je l'attendais. J'ai pensé éclater de rire, mi-sérieuse mi-moqueuse, comme à mon habitude lorsque je veux fuir. Je n'ai pas osé. Je n'ai pas osé lui jouer le même jeu qu'aux autres. Sa présence était tellement entière qu'elle m'imposait une réponse. J'ai été prise de vertige. Comment ai-je su que je devais prendre ma décision à l'instant même, sans quoi je le perdrais ?

Je ne voulais pas le perdre.

La première fois que je l'ai vu. J'étais avec le réalisateur palestinien. Il était de passage à Paris pour quelques jours. Nous avions décidé de nous retrouver dans un café du Quartier latin, lieu de rendez-vous d'une clientèle arabe. Il se trouvait à la table voisine, en compagnie de deux hommes. J'entendais des bribes de conversation en arabe à propos de la situation au Liban. Je voyais son visage ; les deux hommes me tournaient le dos. Face à moi, il parlait d'un ton nerveux sans me quitter des yeux. Au moment où l'un de ses deux amis s'est levé pour partir, il a reconnu le réalisateur palestinien. Salutations, accolades ; on réunit les deux tables. Il s'assied à côté de moi, et ne me quitte plus. Il discute et plaisante, comme pris d'une joie soudaine. Son bras nu effleure le mien. Combien de fois son bras nu a-t-il effleuré le mien ? D'habitude, je ne me comporte pas ainsi, mais un élan plus fort que moi m'oblige à me rapprocher de toi, m'a-t-il dit par la suite alors que je me lovais dans ses bras.

Toujours, il récitait de la poésie. Des poèmes entiers qu'il apprenait par cœur ou bien qu'il me lisait, et je l'imaginais en train de les réécrire, pour moi seule.

La poésie était-elle l'une des clés de mon corps ?

La poésie était entre nous. Il m'aimait avec les vers des autres. Lorsqu'il partait en voyage, il me téléphonait pour me donner le nom d'un recueil ou d'un poème. Je cherchais le poète, je lisais les mots et je me rendais compte qu'il était avec moi.

Pessoa, Cavafy, Char, Michaux et d'autres que je ne connaissais pas. Je suis devenue comme lui. J'apprenais les poèmes arabes que j'aimais, je les répétais pour lui seul.

La poésie était-elle toujours entre nous ?

Avec lui, j'ai repris l'écriture de mes petits poèmes, rite initial de chacune de nos rencontres. Il s'enquérait de mes mots. En silence, je lui tendais le poème. Il lisait comme s'il partait à la découverte de ma face obscure, masquée par la frivolité et mes éclats de rire. Il découvrait ce que je n'osais pas m'avouer à moi-même. En silence, il repliait le papier avec soin et le glissait dans sa poche.

Mon corps était-il l'une des clés de la poésie ?

La première fois que je l'ai vu. J'assistais à un Salon du livre, dans une ville arabe. J'avais dû remplacer une collègue souffrante, que le directeur avait choisie pour représenter la bibliothèque. Je suis partie à sa place, presque malgré moi. Lorsque le représentant du Salon est venu accueillir les cinq personnes qui arrivaient de Paris, il se trouvait à côté de moi. Ses questions possédaient une force magnétique déguisée en légitime curiosité. Une forme de conversation qui ne s'est plus achevée. Il m'a raconté, je lui ai raconté. Il m'a raconté qu'il m'avait vue à l'aéroport. Et il m'avait observée de son siège, dans l'avion : comme s'il me connaissait. Je lui ai raconté la même histoire : comme si je le connaissais. Nos rencontres ne finissent pas, et le corps en est toujours le préambule. Le corps a été le socle de notre histoire.

Chaque matin, le Penseur accompagne ma nudité. Il suffit que je me contemple nue dans le miroir pour entendre ses mots sur mon corps. Mes seins, mes fesses, mon sexe, ma peau, mon odeur, mon teint.

Je me remémore ses mots et je tremble. Je me remémore ses mots, ses caresses, ses regards et je tremble.

Je me remémore et je tremble, mais je veux oublier pour reprendre ma vie.

Le Penseur avait coutume de me demander : Sais-tu ce que j'aime en toi ?

Je lui jetais un regard entendu et je riais.

— Non. Ce n'est pas ce que tu imagines. Même si *I love your dirty mind.*

Il répétait cette phrase anglaise connue en riant.

— Je n'imagine rien, j'attends la réponse.

— J'aime deux choses en toi : ta liberté et ton arabité.

— Je n'imaginais pas la liberté et l'arabité comme le comble du sex-appeal.

J'avais répondu avec légèreté pour camoufler la douleur qui ébranlait ma conscience, tandis que les mots s'infiltraient au plus profond de moi pour resurgir plus tard, lettre après lettre.

À présent, je me remémore ses mots et je tremble.

À présent, je me remémore ses mots, ses caresses, ses regards et je tremble.

Je me les remémore à présent, et je ne veux pas oublier.

Je veux les rappeler.

Je veux écrire.

Scénarios multiples, premières fois identiques. Découverte soudaine, regards échangés, mots répétés, rires nerveux, contacts involontaires, embarras de l'aveu. Comment parvenons-nous à renouveler les détails ?

Quelle première fois était celle du Penseur ? Toutes ou aucune ? Les détails diffèrent, mais l'histoire demeure. J'aime les détails, dans les histoires. Leur couleur donne un sens nouveau à chaque rencontre.

Tout homme nouveau est une nouvelle histoire. Quelle histoire est celle du Penseur ?

L'Éloigné m'a envoyé par courriel, en anglais, une histoire stupide intitulée : *La Femme et le Lit.*

À huit ans : tu l'accompagnes au lit pour lui raconter une histoire.

À dix-huit ans : tu lui racontes une histoire pour qu'elle t'accompagne au lit.

À vingt-huit ans : inutile de lui raconter une histoire pour qu'elle t'accompagne au lit.

À trente-huit ans : c'est elle qui te raconte l'histoire pour que tu l'accompagnes au lit.

À quarante-huit ans : elle te raconte une histoire pour éviter d'aller au lit.

À cinquante-huit ans : c'est toi qui restes au lit pour éviter son histoire.

À soixante-huit ans : si tu l'emmènes au lit, en voilà une histoire.

À soixante-dix-huit ans : quel lit et quelle histoire ? Quel diable d'homme es-tu ?

Une blague stupide, de celles que se racontent les hommes pour oublier le piège dans lequel ils tombent. Elle m'a intéressée pour ses deux motifs alternés : le lit et l'histoire.

Dans ma vie, l'un menait à l'autre, et inversement. Dans ma vie, ils étaient étroitement liés, et je balançais de l'un à l'autre.

Dans ma vie, j'étais droguée d'histoires et de lits. Tout homme est une histoire, toute histoire est un lit.

Je ne veux pas le perdre. Je ne veux pas la perdre.

Sur le lit des histoires, je me balance, je me déhanche

De mes doigts, je touche le ciel

Et creuse des vallées dans la sécheresse de l'âme.

J'utiliserais « couche » pour traduire ce mot, m'a écrit l'Éloigné quand je lui ai envoyé par courriel ma traduction de sa blague en arabe. Pourquoi emploies-tu le mot « lit » ?

J'ai répondu : La couche, *firache*, évoque le sommeil ou la maladie, l'accouchement ou la mort. Le lit est fait pour le plaisir. Le lit a quelque chose de secret. En arabe, *sarir* est le lit, *sir* est le secret, deux mots de même racine. Le désir est secret. Le plaisir est le secret. Le sexe est le secret. Le sexe est le secret des secrets. Voilà pourquoi il reste à mes yeux attaché au lit, même lorsque je fais ça dans l'ascenseur.

— Tu as fait ça dans l'ascenseur ? demande l'Éloigné dans sa réponse.

J'imagine ses gros sourcils dressés, qui lui donnent un air curieusement avide.

— Même pas sur la plage ! ai-je répondu sommairement.

J'aime les secrets. Ces histoires que personne d'autre que moi ne connaît. Ces histoires sont le sens de ma vie. Une vie entière qui n'appartient qu'à moi. Je ne la partage avec personne. Il suffit que je ferme les yeux pour savourer *le petit miel du plaisir*, selon les hadith, les dits du Prophète. Il suffit que je ferme les yeux pour que l'image se dessine devant moi, le son, l'image, l'odeur, le toucher et le goût. Il suffit…

Pourrais-je continuer à vivre sans ? Pourrais-je me lever chaque matin et trouver la force de commencer une nouvelle journée sans ? La réponse tombe, claire et incisive comme un couperet. Je n'en ai pas peur.

Durant les longues périodes qui séparent deux histoires, je vis sur les souvenirs, certaine que les jours prochains m'apporteront ma nouvelle histoire.

Je ne l'attendais pas, puisque je ne sais pas attendre. Je ne la devançais pas. Et ensuite ? Je me posais souvent la question, sans jamais chercher à répondre. Les réponses, comme les histoires, viennent à l'heure due, tels les fruits mûrs qui tombent de l'arbre.

Porte VIII

De la dissimulation chez les Arabes

Ce matin-là, je travaillais sur le chapitre des aphrodisiaques et voilà que, le soir, je me trouve dans un dîner où la conversation tourne autour de ça. Ils se racontent l'histoire de l'artiste égyptien qui avait pris un genre de Viagra syrien. Son membre restait flasque, triste, humilié, mais sa tête s'était mise à gonfler. Effrayée, sa compagne de jeu s'était enfuie. Il avait peur, plus encore qu'elle, mais n'osait pas appeler de médecin. Il a téléphoné à un ami, qui lui a conseillé de prendre son mal en patience le temps que cet effet imprévu disparaisse, et de ne plus recommencer.

Dans une étude sur l'impuissance sexuelle masculine dans le monde arabe, j'ai lu des chiffres inquiétants. Des fortunes en dollars, semble-t-il, sont dépensées en Viagra et autres médicaments de l'amour, comme on les appelle dans les publicités diffusées par Internet. Me sont revenus à l'esprit les personnages du dernier roman de Rachid al-Daïf, qui avalent les comprimés de Viagra comme des aspirines.

Pourquoi compter sur le Viagra pour être sauvé de la misère ? Une misère sexuelle collective et présente jusque dans notre rapport à la tradition. Pourquoi compter sur le Viagra… Il suffit de lire quelques vieux manuels d'érotisme arabe et d'en appliquer les recettes. Résultats garantis, annoncent les Anciens. Essayez ces remèdes et vous obtiendrez des miracles. Exciter la femme et faire bander l'homme. Allonger et grossir le pénis. Rétrécir le vagin et lui donner meilleur goût. Il est vrai que certaines matières premières ne se trouvent pas si facilement : queue de taureau rouge, tête de coq blanc, herbe de loup. En revanche, le piment, les barbes de blé, le musc, le gingembre, l'eau de raisin et l'huile restent facilement accessibles.

Prenez de l'eau tiède et massez le pénis jusqu'à ce qu'il rougisse et qu'il se dresse. Prenez ensuite un morceau de vélin très fin sur lequel vous verserez de l'asphalte chaud avant d'en envelopper l'organe. Répétez l'exercice plusieurs fois ; le membre grossira et s'allongera.

Avant de procéder à la manipulation, ceci est un conseil personnel, placez à portée de main le numéro de l'hôpital le plus proche.

L'Éditeur sort son téléphone portable et lit sur l'écran, à voix haute, une blague qu'on lui a envoyée par SMS. Les nouvelles technologies au service de la gaudriole. Je la connais déjà, mais je ris avec eux. J'ai connu un Élie qui recevait ainsi chaque jour des histoires de Haifa Wahbé et Nancy Ajram, nos bimbos à nous, sujets ordinaires de l'humour arabe, des histoires particulièrement salées, qu'il mémorisait pour les raconter plus tard. Les blagues en vogue me parviennent souvent par Internet. Je les lis et les oublie aussitôt, les jeux de mots exceptés.

J'écoutais parler les intellectuels de la société de la dissimulation, et je prenais des notes, mentalement. L'Éditeur raconte encore une histoire. Il ne regarde pas son téléphone, cette fois. Il s'en souvient encore. Ils rient et les commentaires fusent. Je ne dis pas grand-chose. Comme à mon habitude, je me contente de remarques furtives et d'un rire généreux.

— Le Viagra nous a sauvés, dit le Compteur, nous et notre honneur. Que Dieu bénisse son inventeur et les laborantins. Proposons leur nom pour le Nobel. Ils ont mérité de l'humanité entière, hommes et femmes.

Le Poète raconte une autre histoire drôle, et les rires fusent.

— Savez-vous pourquoi le Viagra est désormais rangé dans le rayon produits d'entretien et non plus dans les pharmacies ? demande l'Éditeur.

Je la connais déjà, je me contente de rire.

— Parce qu'il lave l'honneur.

— Je n'en ai jamais utilisé, réplique le Compteur d'un ton désapprobateur. J'en achète pour des amis qui vivent dans les pays arabes. Chaque fois que je demande à un homme : Que veux-tu que je te rapporte de Paris ?, il répond : Du Viagra. Là-bas, le Viagra importé est très cher, alors que l'équivalent local ne l'est pas. Il paraît pourtant qu'il est bon, et que ses résultats sont garantis.

Je l'entends détailler le prix de chaque marque et les limites de son efficacité.

La Toupie s'écrie :

— Tu prétends n'y avoir jamais recours, et tu connais tous ces détails ?

— J'en achète pour mes amis. Je te jure, ce ne sont que des cadeaux. Ce sont eux qui me racontent tout ça.

Pas de Viagra, à l'époque du Penseur. Je le désirais. Il me désirait. À quoi bon ces ersatz fabriqués dans des laboratoires étrangers. Nos corps suffisaient.

Que penseraient ces gens assis autour de moi s'ils lisaient ce que j'écris ? Que vont-ils penser lorsqu'ils apprendront que j'ai rompu le pacte de la dissimulation ? Que j'ai violé la loi sacrée de la tartuferie ? Scandale. Voilà donc pourquoi elle riait ! Elle cachait son jeu, j'en étais sûr. Une authentique traînée sous son masque impénétrable. J'en étais sûr.

Combien seront-ils à affirmer qu'ils l'avaient deviné ?

Les rires moqueurs s'élèvent. Tous masculins. Au commencement, ils n'osaient pas utiliser de mots *ibahya*, de mots salaces, comme ils disent, devant une femme. Mais mon rire était dénué de gêne. Alors ils se sont risqués dans les territoires réservés aux hommes. Ils ont oublié ma présence, ou feignaient de l'oublier. C'est ce que je voulais. Je détourne à mon profit la maxime : « Lorsqu'un homme et une femme se réunissent, le troisième est le Diable. » Ils sont quatre hommes réunis autour de mon image rassurante et je suis le Diable.

— Mon taux de diabète était parfois si élevé que je ne pouvais rien faire sans Viagra. Mais j'ai suivi un régime, mon taux de glycémie a baissé et je n'ai plus besoin de stimulants.

J'ai dévisagé le Poète. Il a en effet perdu le quart de son poids, mais je doute qu'il puisse faire l'amour sans béquille.

Nous avons commandé du poisson et des fruits de mer. Je me suis souvenue d'une information donnée par un médecin dans le journal *Elaph* au sujet d'une soupe, prétendue « Viagra des pauvres » : *Une invention égyptienne, dont le secret est jalousement gardé par les restaurants de poissons et les marchands ambulants. Il s'agit d'un mélange de bigorneaux et d'arches, auquel on ajoute un émietté de gambas, un peu de poisson bouilli, et beaucoup de piment à bouquet rouge et d'épices. Cette soupe est conseillée à tous les jeunes époux des régions côtières, qui lui font une confiance aveugle. Nécessité est mère d'invention, et les gens du littoral, longtemps privés de Viagra par le ministre de la Santé, ont dû mettre au point cette soupe magique qui réchauffe les corps et redonne à leurs extrémités vigueur et vitalité.*

Nul doute que les amis autour de moi connaissent ce remède miracle. Ils se passent de mes services pour choisir ce qui peut leur faire du bien.

Je me rappelle ce jour où l'Activiste est arrivé à la bibliothèque, le sourire aux lèvres. Dès que je suis entrée dans son bureau, mes sourcils se sont levés : j'avais la certitude qu'il avait à me parler.

— Ferme la porte, a-t-il dit en chuchotant. Figure-toi… Hier, j'ai essayé le Viagra. C'était la première fois. C'est hallucinant. Que Dieu bénisse l'inventeur. Qu'il lui rende son bienfait au centuple et l'accueille au paradis !

Le Réalisateur, qui répétait inlassablement que l'érotisme ne saurait être que révolutionnaire, brandissait la boîte magique commandée aux États-Unis, et déclarait à la cantonade :

— J'ai la boîte, il ne me reste qu'à trouver la femme.

Nous répondions :

— Et la tienne ?

Il répliquait alors avec obstination :

— Je ne vais pas la gaspiller avec ma femme. De ma vie, je ne l'ai vue satisfaite. Ma femme ? Vous n'y pensez pas !

On rit, on mange, on boit, dans ce restaurant parisien. Je les ai toujours vus ensemble et sans leurs épouses, même chez eux, dans leur pays.

Où sont leurs femmes ?

Je me suis rappelé une scène d'un film de Fatih Akin. Le héros, un Allemand, s'adresse à des Turcs qui se préparent pour le bordel : Pourquoi ne baisez-vous pas vos femmes ? Consternés, ses interlocuteurs s'offusquent au point que l'un d'eux se rue sur l'offenseur. Dans la pièce voisine, les épouses se moquent entre elles des performances sexuelles de leurs maris au lit.

Mes amis, du moins, ne prétendent pas être vertueux, ni abstinents ou décents. La liberté de parole est assurément une forme de liberté sexuelle. Qui a dit que la parole est gratuite, qu'elle n'engage pas les actes ? Faux. Parler de sexe est déjà s'y adonner. La parole est une composante de l'énergie sexuelle.

Je me souviens d'une autre de nos voisines, à Damas, de ses histoires à double sens, de ses mots équivoques, et du sourire gêné de ma mère qui l'écoutait en la jugeant folle et sans cervelle. J'étais trop jeune, je perdais la plupart de ses allusions, mais je percevais autour d'elle une sorte de nimbe, comme l'aura des saints personnages, une onde de chaleur qui brûlait ceux qui en approchaient. Elle effrayait les femmes et intriguait les hommes.

Le plus drôle est que mes amis ont toujours recours aux langues étrangères lorsqu'ils veulent employer un terme sexuel explicite. L'obscénité diminue quand on la formule dans une langue étrangère. La gêne qu'on éprouverait à employer l'arabe pour dire ces choses est éludée. Ils prononcent les mots en anglais ou en français, et se montrent pleins d'assurance.

Porte IX

De la linguistique

Je suis une créature linguistique ; je le découvre chaque jour davantage. La langue me prend dans ses pièges, me contraint à écouter ses voix, à contempler ses couleurs, à sonder ses profondeurs. Aussi suis-je éprise de dictionnaires en tout genre. Je les consulte sans modération, et mes interrogations n'ont pas de fin. À peine ai-je prononcé un mot nouveau, que je le dissèque à la recherche d'une racine qui me livrerait son origine, ses dérivés et ses diverses significations. Je m'essaie à en inventer dans une langue qui n'appartient qu'à moi.

Hier, le Voyageur m'a révélé sa devise : *Je baise, donc je suis*. Il me la livre en français, dans la langue de Sade. Je la prends comme une boutade et je répète après lui en riant.

Quand il parle en arabe, le Voyageur utilise ce verbe à la forme passive : je suis baisé. Cet emploi dépréciatif m'étonne de lui, car il se présente comme un baiseur invétéré, dans ses histoires. Il me vient à l'esprit que, moi, j'aime ce verbe seul et libre : baiser, point.

Je baise, donc je suis. Pourquoi ne puis-je le dire ni l'écrire en arabe ? En arabe, de nos jours, le mot « baiser » est banni. Le mot est un péché alors même que l'acte est légitime.

Cette hypocrisie me rappelle les écrits de al-Jahez, grand écrivain du IXe siècle : *Lorsqu'il est question de con, de bite et de baise, ceux qui se prétendent ascètes et abstinents font mine d'être dégoûtés et se renfrognent. La plupart sont aussi pauvres en savoir, générosité, noblesse d'âme et dignité qu'ils sont riches en fausseté et fourberie. Ces mots ont été inventés pour être employés. C'est un non-sens que de les inventer pour ne pas les utiliser.*

Je traduis en arabe la phrase du Voyageur : Je baise donc je suis. Je baise, tu baises… Je conjugue et je fouille le champ des dérivés. Sur mon écran, le correcteur orthographique a souligné tous les mots en rouge ; il ne les connaît pas ! Lui aussi, est programmé pour la dissimulation. Cet ordinateur est une oie blanche. Un eunuque, plutôt. Qui a castré la langue. Qui a castré l'ordinateur. Qui m'a castrée.

Après une séparation, j'ai retrouvé le Penseur dans un restaurant japonais. Il était assis en face de moi. Il a tendu la main pour toucher la mienne : *J'ai envie de toi. De te pénétrer. Maintenant.* L'acte d'amour fait avec des mots est total et violent. Aucune étape n'est oubliée, de l'haleine brûlante aux frissons du corps. Des premières moiteurs aux battements du cœur. De l'embarras des premiers gestes à la communion du repos.

Au XVIe siècle, Louise Labé écrivait : *Le plus grand plaisir après l'amour, c'est d'en parler.* Que l'existence de la poétesse soit contestée ne change rien à la vérité de ses mots.

Avec le Voyageur, le plus souvent, nous parlons de sexe. Dès notre première rencontre, il y a quelques années, il m'a déclaré : J'ai envie de toi. L'envie est demeurée insatisfaite à ce jour, mais chaque fois que nous nous voyons, il me rappelle la constance de son désir et me décrit toutes les manières dont il compte l'assouvir avec moi. Innombrables manières, ambitieux programme. Je ris. Tantôt je le laisse parler, tantôt je lui demande de se taire, selon mon humeur. C'est devenu un jeu entre nous.

Lors de notre dernière rencontre il m'a dit :

— Tu te figures que nous n'avons jamais fait l'amour ensemble ? Bien sûr que si. En paroles, nous avons même fait mieux.

J'ai souri en songeant qu'il avait peut-être raison. Cette intimité qui existe entre nous, je ne l'ai connue avec aucun autre homme. Ni avec une femme. Nous parlons de sexe en toute franchise. Il me décrit ses aventures dans les moindres détails. Puis il insiste :

— Et toi ? Raconte-moi la dernière fois que tu as dormi avec un homme.

Je lui réponds chaque fois :

— Je te l'ai déjà dit. Je ne dors pas, je m'éveille.

— Je ne te crois pas. Tu ne fais rien en dehors du mariage, j'en suis sûr.

Il persiste à ne pas me croire, et répète le même refrain. Je change alors de sujet. Je lui demande de me raconter son dernier voyage, ou son dernier tête-à-tête avec cette fille du Golfe.

— Belle, ronde. Des seins à rendre fou. Mais elle me saoule. Au lit, elle ne se tait pas une seconde. Elle chante, elle se lamente. Tout est prétexte à parler… Figure-toi qu'elle décrit en direct tout ce que nous faisons, comme un commentateur sportif. Au début, ça m'excitait, mais, peu à peu, j'ai ressenti ses mots comme un brouillage. J'ai tenté de la faire taire en l'embrassant, en vain. Dès que je reprenais souffle, le commentaire sportif repartait. Je ne sais pas comment j'ai pu aller jusqu'au bout. Ouf !

Je riais, je m'amusais à imaginer la scène, et j'en demandais plus :

— C'est une fin, que tu me racontes. Reprends l'histoire à son début.

— Elle travaille dans le bureau du responsable que j'étais venu rencontrer. Lors du déjeuner organisé par son chef, elle était assise à côté de moi. Je l'ai baratinée, elle s'est laissé faire. J'ai effleuré son pied sous la table, et elle ne l'a pas retiré. Bien au contraire, elle a répondu d'un geste appuyé. Je te l'ai dit : consentante.

— Et les gens autour de vous ?

— Personne n'a rien vu.

— Ensuite ?

— Nous sommes restés seuls tous les deux et la discussion est devenue plus explicite. Elle a avoué que mon audace lui plaisait. Je lui ai donc proposé de monter dans ma chambre d'hôtel. Impossible ! a-t-elle dit. Elle était mariée et n'avait jamais trompé son époux…

— Et… ?

— … Elle devait divorcer avant de coucher avec moi. Je lui ai répondu que cela demanderait un temps que ni elle ni moi n'avions. Et puisque nous nous plaisions, pourquoi nous priver ? Elle s'y refusait. Mais tout en protestant qu'elle aimait son mari et lui resterait fidèle, elle me suivait dans les couloirs de l'hôtel. Dans l'ascenseur, je l'ai embrassée tandis qu'elle protestait. Une fois dans la chambre, je lui ai retiré son *abaya*, puis le jean qu'elle portait dessous tandis qu'elle protestait. Je lui ai embrassé les seins tandis qu'elle protestait…

— J'ai compris.

— Tu as voulu des détails ! Ses dessous étaient les plus beaux que j'aie jamais vus. De la soie pure. Un vrai régal. Figure-toi que son mari est bien plus jeune que moi. Elle m'a dit que c'était la première fois qu'elle couchait avec un autre homme.

— Et tu l'as crue ?

Chaque fois qu'un homme couche avec une femme mariée, c'est la première fois qu'elle trompe son mari. Selon le proverbe arabe : Avant le mariage, les lèvres d'une jeune fille arabe n'ont été effleurées que par celles de sa mère. Après le mariage leur succèdent les lèvres de l'époux. Toutes vierges, d'une manière ou d'une autre.

Siham répète à chaque homme qu'elle rencontre qu'il est le premier dans sa vie, malgré un mariage et trois enfants. Pourquoi ? Parce que, avec son mari, elle ignore le plaisir. Chaque fois qu'il lui fait l'amour, elle croit qu'il la viole. Il la bat, il l'enferme. Elle répète à chaque homme qu'elle rencontre qu'il est le premier dans sa vie. Elle ne m'a pas dit cela en personne, mais ses mots me sont parvenus aux oreilles, répétés par plusieurs de ces hommes, qui se confiaient séparément.

Porte X

De l'éducation et de l'enseignement

Le Penseur a attisé le feu. Le feu a crépité en moi et plus encore après qu'il est parti. Était-ce le prix de l'initiation ? Était-ce le prix de l'éveil à la vie ? Dans l'attente d'autres penseurs et de nouvelles révélations.

Les Anciens répétaient cette leçon d'une vieille femme, à la veille de donner sa fille à son époux. Elle lui dit : Ô ma fille, je te donne un conseil. Si tu l'écoutes, tu seras heureuse, tu vivras satisfaite et tu aimeras ton époux. S'il vient pour te toucher, murmure, halète et déhanche-toi, montre-lui que tu es offerte et brûlante. S'il prend tes seins dans ses mains, pousse un grand soupir. S'il s'introduit en toi, pleure et tiens-lui des propos impudiques, cela maintiendra son érection. Lorsque tu sens qu'il s'apprête à éjaculer, dis-lui en gémissant : vide-toi bien au fond de moi. Lorsqu'il t'aura remplie, serre-le dans tes bras quelque temps, embrasse-le et dis-lui : Mon maître, que c'est bon quand tu me baises.

Ma mère ne m'a pas donné de telles leçons, pas la moindre. L'enseignement le plus osé qu'elle m'ait dispensé évoquait les baisers que s'échangeaient les anges. La substance en était : ce que les anges font est nécessairement permis aux mortels ; et son application immédiate : tu peux embrasser le fils des voisins, mais pas plus.

À l'époque où ma mère m'avait délivré cet unique conseil, j'avais déjà largement dépassé l'apprentissage du baiser. J'ai ri aux éclats, mais le baiser des anges est resté gravé dans ma mémoire. Ainsi en est-il pour tous les parents : quand ils prennent conscience de la nécessité d'entrouvrir la porte, leurs enfants sont déjà dans le jardin.

Un père dit à son fils : Tu es grand maintenant, il est temps d'aborder certains sujets délicats. L'adolescent lui répond : Dis-moi, quelles sont les questions auxquelles tu ne trouves pas de réponse ? Jeunes, nous savions plus de choses que nos pères, et nos enfants en sauront plus que nous. Si ma mère avait lu ce que j'ai lu dans les livres anciens sur le baiser, elle ne m'aurait pas parlé des anges.

Le baiser suscite en premier le désir, puis la vitalité sexuelle. Il provoque l'érection et l'éjaculation. Il fait dresser le vit et enfièvre la femme, surtout lorsque l'homme s'amuse, entre deux baisers, à mordiller ou à pincer avec douceur.

On ne rencontre de mère assez sage pour enseigner à sa fille comment se faire désirer que dans les livres érotiques. Les conseils qu'elle donnera à son gendre ne sont pas moins importants. Dans certains manuels, le père lui-même dispense ses avis à sa fille.

La célèbre Houba ne se contentait pas d'apprendre aux femmes de Médine *l'art de baiser*, comme le précisent les ouvrages ; elle étendait son enseignement à son fils. Celui-ci lui demande un jour : *Ma mère, dans quelles positions les femmes préfèrent-elles être prises par les hommes ?* Elle répond : *Mon fils, si elle est âgée comme moi, plaque-la à terre, la joue contre le sol, puis tu t'introduis entièrement en elle. Si elle est jeune, réunis ses cuisses contre sa poitrine, ainsi tu saisiras ce que tu souhaites et tu obtiendras ce que tu veux.*

Personne ne m'a rien appris. Ni mon père, ni ma mère, ni même ma grande sœur. Personne ne m'a rien expliqué. J'ai étudié la théorie dans les livres, les films, les histoires et dans l'observation des hommes et des femmes qui m'entouraient. Quant à la pratique, je l'ai développée petit à petit, d'essai en erreur. Lentement. Je me suis mitonnée à feu très doux, parfois même éteint. C'est à peine un jeu de mots.

Oui, la propédeutique de mon éducation sexuelle s'est faite dans les romans, les magazines, les films et les séries télévisées. Sexuelle ? Du moins sentimentale, avec des ébauches de pratique et de connaissances théoriques traditionnelles arabes. Il m'a fallu attendre Paris pour découvrir, en français, les films, les livres et les magazines pornographiques.

Je ne suis pas seule dans mon ignorance. Il semble que celle-ci soit largement partagée dans la période de décadence sexuelle que nous vivons aujourd'hui. Il suffit de lire les questions des lecteurs, dans la rubrique santé du magazine en ligne *Elaph*, pour constater l'ampleur de la misère sexuelle arabe. J'imagine le sexologue appointé s'arrachant les cheveux pour rédiger des évidences. Comment parler même d'éducation sexuelle quand les rudiments de l'anatomie restent à apprendre ?

Hier, je suis tombée sur ces réponses du médecin exaspéré : *La recherche de l'hymen dans le monde arabe s'apparente à celle de l'aiguille dans la botte de foin. […] Attendre que les filles bénéficient d'une éducation sexuelle digne de ce nom équivaut à attendre Godot.* Le cheikh al-Suyuti a rédigé au XVe siècle un livre sur l'art de faire l'amour à l'usage des femmes, mais les lectrices d'*Elaph* n'en comprendraient pas un mot ; autant donner à lire à une néandertalienne un manuel d'informatique.

Les garçons ne sont pas mieux lotis. Ainsi, le nombre des questions relatives à la taille du pénis (mensurations au repos, en érection, à mi-course, effectives et idéales) pourrait entrer dans le *Livre des records*.

Chacune de mes visites dans cette rubrique renforce ma certitude : le lecteur des anciens livres érotiques arabes s'épargne à coup sûr pareille misère ; aussi est-ce une entreprise de salut public que de sortir ces œuvres de l'ombre. Il ne faut plus les taire, il faut les déclamer. Il ne faut plus les cacher, il faut les ouvrir au grand jour.

Cette réflexion viendra en conclusion de mon intervention à ce colloque. Je proposerai de rééditer ces ouvrages, encore et encore. De les distribuer, de les enseigner.

Avide de connaissance, j'ai fait l'effort de les explorer par moi-même. J'ai eu beau étudier la littérature arabe à l'université, jamais aucun professeur n'en a dit un mot ; et, lorsque j'en parle autour de moi, je constate que rares sont ceux qui ont pensé à y recourir pour s'instruire. Il y a quelques années, un magazine littéraire a cité dans ses pages les appellations de l'organe sexuel masculin telles qu'elles figurent dans un livre érotique. On a crié au scandale : un magazine littéraire est destiné à tous, paraît-il, alors que les livres sont enfouis, réservés aux curieux qui les recherchent.

Lors d'un repas semi-officiel, le directeur de la bibliothèque, un Français, a risqué une plaisanterie : la position couchée, disait-il, convient au vin comme aux femmes. Sexisme éhonté, s'est-on offusqué. J'ai alors réfléchi qu'il ne pensait pas si bien dire. J'ai appris la vie couchée. Non que je m'allongeasse pour apprendre, mais l'apprentissage était tellement plus dense lorsque j'étais dans les bras d'un homme.

Hier, dans le bureau de mon amie Fadia, je me suis surprise à la contempler. Et j'ai pensé : sa ceinture de chasteté l'étouffe, il manque à sa beauté de rouler des années durant sur le corps d'un homme pour éclater au grand jour. L'homme lui frottera la peau, longuement, comme au hammam, et sa forme véritable apparaîtra, dégagée des épaisseurs d'abstinence imposée. Il frottera et frottera jusqu'à expurger un sang noir et stagnant. Ainsi fera-t-elle la paix avec son corps et avec le monde.

Je sais qu'elle est prise dans un cercle vicieux : seule, elle ne peut apprendre, et, pour le moment, l'homme est absent. Or son premier entraînement ne saurait réussir sans un homme. Indéniablement, l'homme facilite et favorise l'apprentissage. Où est cet homme ? Pourquoi son chemin ne croise-t-il pas celui de Fadia ? Pourquoi ne voit-il pas qu'elle irradie comme je le vois, moi ? Pourquoi vit-elle seule avec ce feu qui la consume ?

Le scénario est immuable : Fadia et moi commençons par parler de travail, puis la discussion dérive. Comment en sommes-nous arrivées, ce jour-là, à parler d'éducation sexuelle ? Comment la conversation s'est-elle égarée ?

— On ne nous a pas appris comment nous comporter avec les garçons, se plaint-elle. On ne nous a pas appris à décrypter ce monde que nous ignorons. Un monde si différent.

— Petites, on nous apprend. Grandes, nous apprenons.

On ne m'avait pas appris, en effet, mais je refuse que quiconque m'apprenne. J'apprends seule, à l'insu de la personne dont j'apprends. J'apprends en faisant mine d'être aveugle, sourde et muette.

Fadia parle encore, mais j'ai dû perdre le fil…

— Ma mère comprend, maintenant, dit-elle. Aujourd'hui, elle est fière de nous, ses filles sont indépendantes, comme les hommes. Elles vivent et travaillent seules. Comme les hommes.

— Comme les hommes ?

— Elle n'est pas habituée à voir des femmes vivre de la sorte. Pour elle, la femme est forcément entretenue.

Fadia dit : Les hommes ont peur de la femme indépendante

Fadia dit encore : J'attends un homme fidèle pour m'engager.

— Alors tu finiras seule ! ai-je plaisanté en espérant que mon rire tempérait mon propos.

— Pourquoi ? Il existe bien, dans le monde, des gens fidèles. Ma mère était fidèle à mon père. Mon frère à sa femme.

— Comment peux-tu en être si sûre, alors que tu parles d'autres que toi ?

— Je mettrais ma main à couper qu'ils étaient fidèles.

— Ne mets ta main à couper que lorsque tu parles de toi. L'autre, quel qu'il soit, est un être plein de secrets.

— J'en suis certaine ! affirme-t-elle.

Je me tais et elle change encore de sujet.

— Les femmes parlent trop. Elles ne savent ni quand se taire ni même comment se taire. On ne nous a pas appris.

Je lui raconte le dernier épisode de la série américaine *Sex and the City*. L'héroïne fait l'amour avec un homme, qui soudain entreprend de lui sucer les seins en bredouillant des mots doux. Elle réagit : elle n'est pas sa mère, il n'est plus en âge de téter, ni de donner à ses seins une quelconque appellation infantile idiote, il n'est pas un nourrisson mais un homme, elle est une femme à désirer, et non une nourrice. Etc. Tandis qu'elle parle encore et encore, l'érection de l'homme faiblit et finalement s'effondre. Il s'habille et s'en va, la laissant, sourcils levés, chercher seule les raisons de son départ. Le spectateur comprend qu'elle aurait dû se taire et laisser l'homme téter ses seins jusqu'à satiété. Jusqu'à leur satiété commune. Mais l'héroïne, elle, ne comprend pas.

Nous rions ensemble, Fadia et moi. Puis elle proteste :

— Tout de même c'est inadmissible, ce qu'il fait c'est inacceptable !

— Ton cas est désespéré.

J'aime apprendre, mais je ne sais pas enseigner. Mon amie Ibtissam non plus. Nous avons grandi ensemble, et pourtant, je n'ai pas le souvenir que nous ayons échangé nos découvertes. Lorsque nous étions amoureuses, nous ne nous donnions aucun détail. Il nous arrivait d'échanger des futilités où il était question d'amour, mais jamais de sexe, comme si nous appartenions à la confrérie des anges. Mariées, nous avons eu beaucoup d'enfants, et pourtant, aujourd'hui encore, nous ne risquons que des allusions.

Lorsque, dans les films, j'écoute les jeunes filles parler entre elles, je m'étonne du ton de leurs confidences, si différent de celui des jeunes filles que nous étions. La parole intime, certes, offre l'occasion d'un véritable échange culturel… Il m'est arrivé de l'expérimenter, mais toujours avec des amies de passage, des confidentes éphémères. Jamais avec mes amies proches, encore moins avec mes sœurs, même après le mariage.

Rihab était la seule à me combler de détails sur sa vie sexuelle, et je l'écoutais avec curiosité. Nous étions toutes deux alors expatriées ; sans doute cette circonstance aide-t-elle les femmes arabes à se libérer de la tyrannie de la dissimulation, en parole comme en écriture.

Pour une émission sur France Culture, une réalisatrice libanaise travaillant à Paris a interrogé des garçons et des filles originaires du monde arabe sur leur vie sexuelle. Énoncés en arabe dialectal avec traduction simultanée en français, leurs témoignages étaient étonnamment francs et courageux. Ils parlaient ainsi, car ils savaient s'adresser aux auditeurs occidentaux d'une émission occidentale. Aucune station de radio arabe, de toute façon, n'aurait diffusé un tel reportage.

Cru et vulgaire, le langage de Rihab piétine les lois de la dissimulation. Venue à Paris après avoir grandi dans un milieu traditionnel, elle travaille à la bibliothèque, elle aussi. Ses sœurs voilées, dont les photos sont en bonne place sur les cloisons de son bureau, ne nous quittent pas des yeux tandis qu'elle me cite les péripéties de sa vie sexuelle comme autant de médailles. Elle est boulimique, qu'elle mange ou qu'elle parle. Je ris et fais mine de partager ses émotions. Il s'agit toujours du nouvel homme de sa vie. Mais il ne fait que passer… et je le comprends. Rihab agace, horripile, exaspère. Aucun homme de sa vie n'y résiste. Le premier avait pour but d'obtenir un permis de séjour en France pour lui et son amie ; aussi le mariage blanc-noir contracté avec Rihab a-t-il duré le temps que l'épousé obtienne ses papiers. Une fois le divorce consommé, il a retrouvé son amie et l'a épousée. Rihab, elle, ne compte plus le nombre de ses successeurs.

Je crois bien que ses histoires d'hommes sont le seul lien qui m'unisse à elle. Si je supporte le halètement dont elle accompagne ses descriptions frénétiques, c'est pour les entendre.

— Je l'ai trouvé chez la voisine. Il n'a même pas tenté de nier. Lorsque je l'ai accusé d'infidélité, il m'a répondu simplement : Je l'aidais à jardiner, pourquoi en fais-tu un drame ?

— Mais oui, pourquoi en fais-tu un drame ? ai-je répété en pensant à Gabrielle Solis et à son amant jardinier, dans *Desperate Housewives*.

— Imagine-toi qu'il ose me dire ça les yeux dans les yeux, après tout ce que j'ai fait pour lui.

Dans l'épisode précédent, Rihab avait nourri, hébergé et épousé cet homme devant Dieu et son Prophète à la mosquée de Paris, en attendant le mariage civil à la mairie – qui allait permettre au jeune étudiant d'obtenir son permis de séjour permanent.

— Depuis un an, il n'avait plus où dormir. Je l'ai sauvé. Tu te souviens, au départ, il n'était venu chez moi que pour y faire du bricolage. Je venais d'entrer dans mon nouvel appartement, il a proposé de m'aider. Dès lors qu'il a eu mis un pied dans l'appartement, il n'en est plus reparti.

Son ricanement hystérique entrecoupait ses phrases tels des points de suspension.

— Il avait déjà un diplôme en arrivant ici, et s'il est étudiant, c'est pour avoir des papiers. En fait, quand je l'ai rencontré, il vendait des légumes sur les marchés pour subvenir à ses besoins. À peine a-t-il emménagé chez moi qu'il a arrêté de travailler.

— Se consacrer à toi à plein temps est honorable, ai-je répondu le plus sérieusement du monde.

Elle rit encore, comme si elle évoquait des souvenirs heureux.

— Dès le premier soir, il est venu me trouver dans mon lit.

Les mots s'attardent un moment dans le silence du bureau, puis elle conclut :

— C'est ma faute. Voilà l'effet du désœuvrement : il aide la voisine à jardiner. Je vais lui montrer, moi.

Son visage reprend une expression nostalgique.

— Tu sais ce qui me plaît, chez lui ? Dès que je lui touche le sexe, il bande. Il est toujours disponible. Il paraît qu'il était en manque avant d'arriver à Paris. Chez lui, il ne connaissait que la masturbation. Pour un étudiant sans le sou, les prostituées sont trop chères.

J'apprécie sa lucidité, sa conscience claire des dimensions véritables de l'affaire. Et Rihab est la seule à mentionner les menus détails. Je n'ai jamais entendu aucune femme aller aussi loin. Les hommes si, amis ou non. La plupart sont tout disposés à me raconter leurs aventures, à me faire partager leurs expériences. Et moi, qui passe ma vie à guetter, à écouter, avec ma curiosité insatiable et mes rires interminables, je constitue un auditoire idéal.

Ainsi Anouar. Nous travaillions ensemble, dans la première bibliothèque où j'ai travaillé à Paris. Lorsque nous étions seuls dans le grand bureau collectif, il me racontait des histoires de filles draguées dans la rue, au café, dans le bus, dans le métro et même à la bibliothèque. Il était marié, donc méfiant ; il se contentait de généralités et d'allusions.

Albert, aussi, était marié. Ses histoires m'agaçaient car elles n'avaient d'autre but que de me convaincre de ses immenses capacités intellectuelles, sentimentales et sexuelles. Sait-on jamais.

Ghadir, célibataire, donnait pléthore de détails. La fertilité de son imagination était sans limites.

Dans ce bureau collectif, j'étais la seule femme. Chacun de mes collègues profitait de l'absence des autres pour me raconter ses histoires réelles ou inventées. L'effet sur moi était identique : je m'amusais, j'ouvrais grandes les oreilles et je riais, mais leur stratégie souterraine, consciente ou non, était mise en échec, car je n'ouvrais jamais que mes oreilles.

J'ai appris énormément de ces histoires et des autres, sans aucun doute. J'écoutais avec légèreté, mais une légèreté feinte. Mes répliques n'étaient que des pirouettes, et si l'un d'eux guettait sur mon visage l'impact de ses propos, il n'y voyait que gaieté indifférente. Cependant, je ne perdais pas un mot. Je les rangeais, tous, un à un. Je les classais. Je les répertoriais et j'apprenais. Ne suis-je pas documentaliste ?

Dans la canicule estivale, je reviens aux livres anciens et au Penseur, et le monde autour de moi s'embrase. L'écriture influence-t-elle mon point de vue ? Le monde est-il ainsi en ébullition constante ?

Que se passe-t-il ? Le sexe est partout. J'ouvre le journal et je le trouve à la une, dans les gros titres et dans les suppléments hebdomadaires. À la télévision. À la radio. Naguère, nous n'avions que Brigitte Lahaie. Aujourd'hui, ses disciples surdoués envahissent le paysage.

Que se passe-t-il, cet été ? Toute personne que je rencontre a une histoire érotique à me raconter. Comme si une étincelle invisible enflammait les esprits. Comme si, au premier coup d'œil, on pouvait deviner le sujet de ma quête. Les signes de curiosité sont-ils si voyants chez moi ?

Quand ai-je découvert que cette curiosité sexuelle n'était qu'une soif de connaissance ? Je lis que chaque femme est la résultante des hommes qu'elle a connus, et je ris. Nous n'apprenons que ce que nous savons, avait coutume de dire mon frère. Lui aussi m'a appris.

Le désir de connaissance est le principe actif de mon désir des hommes. Non, mon désir des hommes nourrit mon désir de connaissance. Apprendre par moi-même le désir et le plaisir, apprendre l'autre et le monde. Après le Penseur, je me suis mise à évaluer chaque homme en fonction de ses capacités pédagogiques, avant tout. Plus l'homme m'apprend, plus je l'aime. Après le Penseur, je n'ai plus supporté qu'un homme ne sache rien m'apprendre.

Le plaisir d'apprendre s'est uni au plaisir sexuel. Le centre du plaisir en moi s'est confondu avec le centre de la connaissance, ils sont désormais inséparables. Ma curiosité sexuelle s'est creusée comme un gouffre : celui qui croise ma route ne peut qu'y tomber.

On raconte que la vierge, si elle reste longtemps privée de coït, contracte un mal que les sages désignent par « étouffement de l'utérus ». Il se manifeste par des divagations et de la mélancolie. On pourrait prendre ce mal pour de la démence, mais il n'en est rien. Il suffit qu'elle soit baisée pour que le mal disparaisse sur-le-champ.

Si je citais ce passage à une militante féministe, elle m'accuserait de collusion avec l'idéologie machiste.

Fadia. Son cas est désespéré. *Quand on tire, on ne raconte pas sa vie*, dit la brute du western spaghetti avant de terrasser sa victime trop bavarde. J'ai répété la réplique à Fadia, mais elle ne l'a pas trouvée drôle. J'ai donc ri toute seule. Je l'ai regardée sortir du bureau en secouant la tête. Je la devine capable de dompter même la plus solide des érections. Il est clair qu'elle n'a rien appris. Elle est en guerre contre son corps et contre celui des hommes, une guerre de mille ans.

Je lui conseillerai de lire les recommandations d'El-Alfya, dite la Milliaire, personnage légendaire qu'il faut, selon moi, saluer comme une héroïne glorieuse de la libération des femmes.

La première fois que je l'ai croisée dans mes lectures, je suis tombée en admiration devant l'étendue de ses connaissances. El-Alfya a su tirer d'une vie d'expérience un enseignement théorique et pratique dont elle fait don à l'humanité, à sa moitié féminine en particulier. Une pédagogue de génie, Dieu la bénisse.

Al-Jahez, qui rapporte ses prédications, la célèbre comme étant, de tous ses contemporains, la plus versée dans les affaires de sexe. Il la louait d'autant mieux qu'elle appartenait, ainsi que lui, à une école scientifique adepte de la méthode expérimentale, l'enseignement des connaissances acquises par l'observation des phénomènes réels.

Dans une assemblée de femmes, des questions sont posées à El-Alfya qui touchent à son domaine : *Parlez-nous du coït, de ses formes multiples, de ses différences*. La sage répond : *Vous m'interrogez sur un sujet que je ne puis taire et que je n'ai pas le droit de cacher*.

Les paroles d'El-Alfya ne nous sont parvenues que par leurs traductions en arabe. Selon al-Jahez, elle nous est venue des livres érotiques indiens, pour devenir une légende que les Arabes perpétuent, essentiellement les hommes, avec un sentiment de crainte mêlé d'envie et d'admiration. La légende commence par son nom : El-Alfya « la Milliaire », ainsi appelée pour avoir dormi avec mille hommes. « Dormir » est un mot trompeur... Comme si El-Alfya avait passé mille nuits à dormir. Elle ne dormait pas et n'aurait pas laissé un seul des mille hommes dormir. Les livres disent exactement : elle a baisé mille hommes. Les mots étaient précis, chez les Arabes anciens. Nul ne dort et nul ne s'éveille. Baiser est le terme.

Quelle définition le dictionnaire donne-t-il en arabe du mot baiser ? Combien de verbes ont ce même sens ? On dit qu'il existe plus de cent mots pour désigner le vagin, et une autre centaine pour désigner le pénis. En fait, ils n'ont jamais le même sens ; chacun d'entre eux se distingue des autres. Je ne les ai pas comptés. Il est important, surtout, de saisir les nuances.

El-Alfya répond à la question avec méthode et rigueur : il existe six figures distinctes, dit-elle : allongé sur le dos, sur le côté, sur le ventre, penché, assis, debout. Pour chacune de ces figures, il existe plus de dix positions apparentées, chacune ayant sa propre appellation ; soit une soixantaine de positions. Certaines sont aisées à exécuter et accessibles à tous tandis que d'autres sont recherchées et rarement pratiquées, car exigeant la souplesse d'un athlète et l'adresse d'un Circassien.

El-Alfya détaille également à son auditoire féminin ce qui fait naître l'amour dans le cœur des hommes, ce qui, dans leur caractère, donne du plaisir ou agace, et comment elles devront agir pour s'attirer le désir des hommes.

Si El-Alfya était aujourd'hui parmi nous, elle aurait publié le récit de ses aventures sexuelles et posé nue pour la couverture. Ses ventes auraient explosé, le livre aurait été traduit dans toutes les langues et sa renommée aurait fait le tour du monde. El-Alfya pouvait-elle soupçonner que ses lointaines émules disséminées sur les cinq continents ignoreraient son nom, elle, la pionnière ?

Porte XI

Des ruses

Lorsque le Penseur est parti, je suis restée désemparée comme un nourrisson sevré trop tôt. En état de perte, de manque, de douleur, de mort. Le Penseur était mon secret, et je devais poursuivre ma vie déclarée sans que les autres le découvrent.

Lorsque le Penseur est parti, j'ai souhaité sa mort. Je me suis fabriqué un cercueil que j'ai caché dans mon cœur. Je devais me protéger. En mourant. Quand ai-je resurgi du néant ?

Il était facile de cacher ma vie parallèle lorsqu'il était là. Sans lui, cela devenait plus difficile. Ma vie parallèle se changeait en non-vie. Et cependant je devais continuer à la cacher. J'ai passé des mois morte vivante. J'évoluais dans ma vie sans vie.

Je me réveille, je m'endors, je souris, je parle, je ris, je travaille, je voyage et je rencontre, j'accomplis tous mes devoirs. Je mens, je me dédouble, je commande les mouvements au moyen de fils invisibles tel un marionnettiste virtuose.

Lorsque le Penseur est parti, j'ai souhaité sa mort. J'ai compris alors la signification d'un conte que j'avais lu, enfant. Un roi demande à sa fille de décider du sort de son amoureux prisonnier. Des deux portes qui ferment sa geôle, l'une le conduit à la vie dans le lit d'une autre femme, l'autre le conduit à la mort dans la gueule d'un lion. Je ne disposais pas de la fin de l'histoire. Elle restait en suspens, figée sur la main que la princesse lève pour désigner la porte de son choix. Je savais sans hésitation quelle porte j'aurais ouverte, moi. Mais le Penseur est parti sans me laisser le choix. Il est parti avant la fin de l'histoire. Il est parti avant que le mot départ ne se lève sur mon horizon. C'est lui qui a choisi la porte, me laissant face à ma blessure.

Dans la journée, le moi-Penseur criait sa douleur, seul, loin de moi. Ses hurlements étaient assourdissants, mais je ne devais pas me retourner, je le savais, sous peine de m'effondrer comme s'effondre un immeuble fissuré.

La nuit, je le retrouvais et nous faisions la paix. Nous étions unis dans la perte. Je me couchais et je me réveillais, mes yeux asséchés comme un vieux puits, l'esprit plus sec encore.

Je n'ai trouvé qu'une arme pour survivre : l'innocence du mensonge.

Le temps a anesthésié ma douleur. Un jour, un homme m'a dit avec la même voix et la même assurance : Tu es belle. Je lui ai souri. Un instant, je l'ai cru, et je me suis réveillée comme secouée par une décharge électrique.

Plus tard, des années après le départ du Penseur, j'ai compris que chacun de nous a un Penseur, un ou une, unique ou multiple, qui l'attend quelque part en ce monde pour le révéler à lui-même, pour l'aider à déployer ses pouvoirs, pour aller plus loin dans son labyrinthe intérieur.

Des années après le départ du Penseur, j'ai compris que chacun de nous a un Penseur qui l'attend à un moment de sa vie, sur l'un des chemins de sa vie.

Nous pouvons le perdre. Pour un mot, un haussement d'épaule, un voyage reporté, une explication maladroite, une peur ancestrale, ou pour avoir suivi les règles d'un jeu dont nous subissons les lois.

Certains vivent et meurent sans le rencontrer, cet autre indispensable qui ouvre les portes fermées sur le monde.

Certains vivent et meurent comme une laitue, flasques et vidés de leur sève, certains ne deviennent jamais la braise qui brûle toute chose et tout être qui s'approche. Certains vivent et meurent sans connaître le chemin de leur corps ni le chemin du corps des autres.

Combien de hasards se sont assemblés pour que je découvre l'existence du Penseur et qu'il découvre la mienne, pour que je le voie et qu'il me voie ? Combien de hasards se sont assemblés pour que le premier instant soit décisif ? Aujourd'hui, je suis capable d'égrener notre histoire comme un chapelet, perle après perle. Mais, à l'instant de la rencontre, j'ignorais qu'entre mes mains je tenais le fil de l'histoire. De mon histoire.

Des années après le départ du Penseur, je murmurais encore de temps à autre son prénom. J'étais consciente des dons qu'il m'avait faits, et je lui en étais reconnaissante. À d'autres moments, je le maudissais.

Des années après le départ du Penseur, j'ai cessé de résister et j'ai avoué.

Au début il me demandait : Seul le sexe nous réunit ? J'évitais de répondre.

À la fin, il ne demandait plus.

À la fin, il est parti.

À la fin…

Des années après le départ du Penseur a surgi dans ma mémoire ce vers d'un poète allemand, qu'il me répétait : *Dieu a créé l'homme comme la mer a créé les continents, en se retirant.* S'est-il retiré pour que je sois créée ?

Je relis mes pages d'écriture, et je songe que le Penseur n'en est pas l'unique personnage. Les histoires se sont emmêlées et leurs héros aussi. Tous, ils ont fusionné en lui, le Penseur. Ceux d'avant lui, et ceux d'après lui.

Lorsque je pars sur les traces d'un de mes hommes, il prend l'apparence du Penseur. Ils ont disparu en lui. Ils lui ont laissé la place, et ils sont partis. Ils lui ont tout laissé comme je lui ai tout laissé. Ils lui ont tout laissé sans rien savoir de lui. Ils sont partis et je suis restée avec lui, moi qui connais tout de l'histoire.

Je me relis et il me vient à l'esprit que tout ce que j'ai vécu, je l'ai fabriqué. Le Penseur n'a fait que lever le voile sur ce que j'avais déjà rassemblé pour le vivre. Il est arrivé pour que j'accède au sens. Il ne me l'a pas donné ; je l'ai trouvé en lui.

Je me relis et il me vient à l'esprit que j'ai fait du Penseur une allégorie. Je l'ai recréé, mais pas à mon image. Je lui ai dit : Sois, et il a été. Il a été tel que mes mots l'avaient façonné. Cette image m'appartient ; il n'y est pour rien.

Pourquoi le Penseur ?

La question me vient tandis que je me relis. Il n'était pas le plus séduisant, ni le plus brillant, ni le plus puissant, ni le plus amusant. Il n'était pas. Il était lui. Il était le Penseur. Je me relis et il me vient à l'esprit que le penseur était une ruse d'écriture, et qu'il n'a jamais existé. Voilà pourquoi j'ai dû l'inventer.

Je comprends à présent le sens de ce qu'il répétait dans nos rendez-vous : Tu es la source de ce qui existe entre nous. Tu es le principe actif de notre histoire. La première fois qu'il a prononcé ces mots, je me suis sentie froissée. Par la suite, je m'y suis habituée, j'en ai pris la mesure, et j'en ai joué avec lui. L'histoire m'appartient, il n'en est que le sujet. Je la raconte et j'en joue à ma guise.

Il me vient à l'esprit qu'en vérité, ce que j'ai vécu après le Penseur était en fait présent en moi, caché. J'ai cohabité avec son absence, certaine de le rencontrer un jour.

Je ne l'ai pas cherché, il ne m'a pas cherchée. Je ne l'ai même pas croisé par hasard. Après toutes ces années… J'ai toujours pensé que l'avenir le conduirait à moi. J'ai pensé que je n'avais qu'à attendre pour qu'il revienne.

Attendre ? Je n'ai pas attendu. Les lignes parallèles de ma vie se croisaient, s'entrecroisaient, et puis se séparaient. Les digues se sont effondrées et le flot des eaux les a emportées, et tout a changé.

Je n'ai pas attendu puisque je ne sais pas attendre.

J'étais sûre qu'un jour le Penseur apparaîtrait au détour d'un chemin. Il me dirait : « Ça me prend à la gorge », et s'enquerrait de mon miel comme s'il m'avait quittée la veille. Je lui répondrais qu'il devait trouver la réponse seul, qu'il devait glisser la main entre mes cuisses pour le goûter. Je lui répéterais les mots d'Ibn Arabi : *La preuve de la douceur du miel est le miel lui-même*. Puis il me répéterait ces mots à son tour, et m'apprendrait ce que je savais déjà.

L'époque d'après le Penseur commence tandis que j'en écris le récit. Je le découvre aujourd'hui, et je découvre que ce livre est le sien. Comme s'il en avait semé la graine en moi. Il me fallait toutes ces années pour qu'elle germe.

Il me répétait, je m'en souviens : Écris sur tous ces livres que tu aimes. Tu le dois. Sur un rire, j'en éludais l'idée. Je n'osais pas m'y attarder. Il a fallu toutes ces années pour qu'elle fleurisse en moi. Il a fallu toutes ces années et un prétexte pour que j'ose entreprendre l'étude déclarée des anciens livres érotiques arabes. Pour énoncer à voix haute ce que je chuchotais en secret.

Il a fallu toutes ces années pour que cet essai me renvoie au temps du Penseur, et me donne le pouvoir de l'évoquer. Pour que je parle aussi de lui, et qu'il devienne une histoire. Le temps du Penseur.

Hier, le directeur est entré dans mon bureau. L'heure était grave, je l'ai pressenti, car il a refermé la porte sur lui. Surprise, j'ai levé la tête.

— Le directeur de la Bibliothèque nationale m'a téléphoné. Il y a du nouveau. Pour des raisons de sécurité, les États-Unis ont annulé leur participation à la manifestation culturelle dite « L'Enfer des livres ». Le colloque à New York est annulé. La France ne peut pas prendre tout en charge. Nous ne partons plus. Qu'en dites-vous ? Où en êtes-vous de votre intervention sur les livres érotiques arabes ? L'avez-vous terminée ? Je suis désolé. Vous pourrez toujours la publier, et je serai là pour vous aider. Je suis vraiment désolé.

Des raisons de sécurité ? Une pirouette. Je me faisais une joie de retrouver New York, mais tant pis. L'important, c'est le livre. Et le Penseur que j'ai créé. Je publierai cet essai, sans le directeur désolé, sans les Américains et les Français terrorisés par le terrorisme.

S'ils ne m'avaient pas sollicitée, les uns et les autres, je n'aurais pas trouvé le courage d'écrire, de revenir au temps du Penseur. Je dois leur être reconnaissante, les remercier en toute simplicité de leur collaboration.

Le Penseur était mon secret, dont les livres étaient une part. Le scandale est-il de commettre un acte ou de le révéler ?

Qui pose la question ?

Mon histoire n'est pas un scandale, ni mon livre.

Le scandale était dans le secret.

Mais le secret n'est plus.

Paris/Tunis
2005-2006

TABLE DES MATIÈRES

Émancipation sensuelle

L'amande

Nedjma

Badra, jeune femme incandescente mi-arabe mi-berbère, multiplie les aventures dans la nuit de Tanger, bravant les conventions et la morale bien-pensante. Avec cette confession érotique surprenante de franchise et d'audace, elle lève le voile et livre des secrets d'alcôve.
Au pays des amandiers, l'histoire d'une femme musulmane dont la vie est une troublante explosion de colère et de sensualité.

(Pocket n° 12409)

Imprimé en France par

CPI
Bussière

à Saint-Amand-Montrond (Cher)
en février 2010

POCKET - 12, avenue d'Italie - 75627 Paris Cedex 13

N° d'impression : 100237
Dépôt légal : janvier 2010
Suite du premier tirage : mars 2010
S 19118/02